烏合

浜田文人

幻冬舎

【目次】

【主な登場人物】

美山　勝治　(42)　一神会　若頭

村上　義一　(33)　同　友定組舎弟

中原　啓介　(48)　兵庫県警察本部　捜査四課　警部補

宮本　修　(29)　清心会　組員

吉川　克己　(41)　神侠会　青田組舎弟

成澤　哲人　(49)　神侠会　若頭補佐

鈴井　睦夫　(51)　同　事務局長

五十嵐　健司　(45)　神侠会　若頭

烏合

序章　報復

昭和五十一年十一月、神俠会の本家若頭の青田一成が射殺された。現場は兵庫県警察本部の近くにあるビルの一室。神俠会の内部融和を図るために、青田と神俠会幹部の美山勝治が会談をしている最中であった。襲撃者は反主流派の谷口組元若頭の藤堂俊介。破門の身であったが、年明けの復帰がささやかれていた。

組織の瓦解と警察の介入を危惧した会長代行の松原宏和は、内部抗争を禁じる通達をだし、事態の鎮静化に奔走した。

二か月後、神俠会執行部は、松原を会長代行に据え置き、主流派重鎮の佐伯を会長代理、反主流派筆頭の大村を若頭とする新体制を発表した。

ところが、亡き会長の姐がこれに異を唱える。姐は、関東の誠和会会長の後ろ盾を得て、主流派中心の執行部を画策する。

昭和五十二年二月、神俠会本家に直参と称する直系組長が招集された。その場で、佐伯はみずからの会長代行、五十嵐若頭の新体制を改めて発表した。松原理事長、大村副理事長、美山若頭の下、一神会なる組織が結成される。

反主流派、穏健派はこれに反発する。松原を担ぎ、神侠会離脱を決意した。

分裂直後の勢力は神侠会が八千七百余名、一神会はそれをわずかに上回った。どちらの組織も抗争を禁止し、内部の結束に心血を注いだ。しかしながら、神侠会も一神会もさらなる瓦解の危機をはらんだ船出となった。

神侠会には親分を殺された青田組を中核とした主戦派がいた。彼らとは別に、世代交代を旗印に一神会と交戦することで勢力拡大をもくろむ連中もいた。

組織がまとまらないのは一神会も同様であった。松原理事長と美山若頭は神侠会との共存の道をさぐり、大村らとはことごとく意見が対立していた。

★　★

川底を這うように水が流れている。それを励ますかのごとく、山おろしの突風が駆け抜けた。神戸市葺合《ふきあい》区を南北に流れる生田《いくた》川。六甲山系の摩耶山《まやさん》から布引《ぬのびき》の滝を経て神戸港へむかう二級河川である。

生田川の両岸は戦前からの住宅街で、暴力団の事務所も数多く存在していた。

新神戸駅のほうから車が近づいてきて、かたわらに停まった。

運転席のウインドーが降り、男が顔を覗かせた。

「おやっさん。連れてきました」

「おう」

ひと声発し、吉川克己は後部座席のドアを開けた。

女が毛皮のコートの裾をひろげ、反対側のドアにもたれかかっていた。

目が合うと、女が細い眉をひそめた。三十代半ばか。厚化粧のところどころにほころびが見える。神戸の歓楽街、三宮東門のキャバレーで働いている。

女がバッグをさぐり、煙草をくわえた。

吉川はライターで火をつけてやる。

「電話したか」

「ええ。約束のものは」

「心配するな」

吉川は薄く笑い、ジャンパーのポケットから取りだした用紙をひらひらさせた。女の弟に書かせた借用証だ。

女が手を伸ばした。それを左手で払う。

「おわってからや」

「ほんまにチャラにしてくれるんやね」

「ああ。あんたも難儀やのう。デキの悪い弟をかかえて」

女の弟は無類の博奕好きだ。神戸のあちらこちらの賭場に借金がある。高利貸しのカネにも手をつけている。吉川が借金を帳消しにしても焼け石に水。遅かれ早かれ、弟は六甲山に埋められるだろう。

「牧村さんを、どうする気なん」

「あんたには関係ない。言うとくが、借金の棒引きは口止め料込みや」

女が口元をゆがめた。煙草をふかし、また顔をむける。

「警察の世話になるのはごめんやからね」

「その心配もいらん。警察に泣きつく極道はおらん」

「けど、客が……」

「それもない。賭場に出入りしているのがばれる。警察にべらべら喋れば、どこの賭場も相手にせんようになる」

言って、吉川は視線をふった。

生田川をすこし下った先の右側にグレーのマンションがある。これからそのマンションの一室に乗り込む。谷口組の幹部、牧村の愛人の部屋だ。週末には賽本引《さいほんび》きの賭場が開かれている。常盆だが、きょうは二か月ぶりの開帳になる。神侠会の分裂騒動を受けて、様子見をしていたのだろう。

そうでなければもっと早く襲撃していた。牧村は親の仇の弟分である。青田一成が殺害されて以降、ずっと報復の機会を窺《うかが》っていた。犯人の藤堂俊介の身内であれば誰でもよかった。牧村に目をつけたのはことし一月のことだった。

吉川は兵庫区福原に青田組神戸支部の看板を掲げている。そこで不定期に開く麻雀賭博の客のひとりが牧村の賭場にも出入りしているのを知った。女の弟である。しかも、牧村は女が働く店の客で、女もしばしば牧村の賭場に足を運んでいた。

弟に借用証を書かせ、それを持って女に話を持ちかけたのだった。女は渋々応諾した。が、決行を目前に神侠会が分裂し、賭場は閉じられてしまった。

車がマンションの前で停まった。乾分《こぶん》の二人が近づいてくる。

運転席の男を残し、吉川は女と路上に立った。

「変わりはないか」

「はい」乾分のひとりが答える。「客はすくないと思います」

吉川は頷いた。想定内である。博奕も命があってのことだ。賭場の客の誰もが神侠会の分裂騒動の余波をおそれている。

階段を使って二階にあがる。女が二〇一号室の前に立った。乾分らが右手にドスをさげ、壁にへばりついた。

吉川は銃把を握りしめた。中国製のトカレフ。撃ったことはない。

女がチャイムを押した。

《どちらさん》

男の声がした。かすかに足音も聞こえた。

「うち、アリサ」女が言う。「開けて」

チェーンのはずれる音がした。ドアが開き、坊主頭の男が顔を見せる。

乾分のひとりが坊主頭の胸にドスを突きつけた。別の乾分が飛び込み、廊下を走った。部屋の間取りは女から聞いていた。正面に洋間のリビング、右は十畳の和室。賽本引きの賭場は和室のほうだ。

「なんだ、てめえ」

怒声が響いた。言葉の応酬が続く。

吉川はリビングに踏み込んだ。

ソファにひとり、彼の背後と壁際にもいる。三人の目が血走った。隣室のドアが開き、ダボシャツを着た男が飛びだしてきた。

「やれ」吉川は叫んだ。「賭場を押さえろ」

乾分がドスをかかえた。ダボシャツの男がうめき、膝を折る。

吉川はソファの男に銃口をむけた。ゆっくり近づく。

「牧村やな」

「それがどうした。われ、誰や」

吉川はテーブルの端を蹴った。牧村の膝を直撃した。顔をゆがめた隙に接近し、牧村のこめかみに銃口を突きつける。

「乾分を退かせろ」

牧村が左手で払う仕種《しぐさ》をした。「客には手をだすな」

「指図は受けん。立て」

牧村は動かない。

吉川は拳銃をふりおろした。鈍い音がし、牧村の額に血がにじむ。

「おどれ」

牧村のうしろにいたジャージ姿の男が咆哮《ほうこう》し、腕を伸ばした。同時に、乾分がドスで斬りつける。血が飛んだ。ジャージの男の左頬が赤く染まった。

「血の海にしたいんかい」

吉川は目でも凄んだ。

舌打ちし、牧村が立ちあがる。

乾分が牧村の脇腹に刃をあてた。

★　　★

聚楽館の前に十代とおぼしき五、六人の女がいる。これから映画を観るのか、アイススケートをたのしむのか。皆が笑顔だった。彼女らのそばを自転車が通り過ぎる。酔っ払っているのか、中年男が乗る自転車は右に左にふらついた。

美山勝治は車を離れ、商店街に入った。宮本修が左側にぴたりと寄り添う。

中年女らが輪になってべちゃくちゃと喋っている。笑い声がまじった。肩をすぼめて歩く老人もいれば、肩をいからせ喫茶店に消える若者もいる。

のどかな光景はすっかり見なれた。この一帯を島にしたのは二十五歳のころだったか。獲るか、獲られるか。命を惜しまなければ、歳や経験に関係なく、自分の縄張りを手にできる時代だった。

顔見知りの男が寄って来て声をかける。美山は笑顔でひと言交わした。

宮本が身構えた。右手をジャンパーの中に入れる。

神経が持たんぞ。言いかけて、やめた。むだなことだ。さきほどから宮本は威嚇するようなまなざしで周囲に目を配っていた。

トレンチコートの裾が音を立てた。冬から春にかけ、新開地商店街は北風が通り抜ける。風にむかって進み、パチンコホールの外階段をのぼった。

二階の踊り場にいた若者が声を発した。ドアを引き開ける。

「ご苦労様です」

二十平米ほどのフロアに四つの机がある。壁に黒板とカレンダー。殺風景な事務室だ。男女二人の従業員が机にうつむき、息をひそめていた。

美山は奥の社長室に入った。

事務室とおなじくらいのひろさだ。手前に応接セット、窓際にデスクがある。

ソファに座る藤木が立ちあがった。

「ご足労をおかけして、すみません」

神妙な顔で言った。

藤木は美山組の舎弟である。美山は新開地の一部を藤木に預けている。

美山は、コートの裾をひろげるようにしてソファに腰をおろした。

藤木が横に、宮本は背後に立った。

「社長」おだやかに言う。「これはどういうことや」

正面にパチンコホールの金井社長がいる。美山とは十五年のつき合いになる。金井の顔は赤く腫れあがり、右目はほとんどふさがっていた。

「どうもこうも……親分と連絡が取れなんだら殺されていました」

「俺が来ても状況は変わらんと思うが」

言って、美山は煙草をくわえた。デュポンのライターで火をつける。

「俺との縁を切りたいと、ほんまに言うたんか」

「親分との縁やない。親分にはお世話になった。おかげで、たいした面倒事もなく、商売をやってこられた」

金井が右手をテーブルに伸ばした。朝鮮銀行の名を記した封筒がある。

「そのお礼として用意しました」

美山は藤木に声をかけた。

「なんぼや」

「百万円です」

「ほう」

　思わず声が洩れた。

　大卒の初任給が約九万円、パチンコホールの守料はひと月五万円である。別途、場所代として盆暮れに五万円を頂戴している。

「社長の気持はわかった。けど、手切れ金は受け取れん。たとえ百万円が一千万円に化けてもおなじことや。カネを手にしたら、代紋をはずさなあかん」

「それですわ。親分はなんで三角を……」語尾が沈んだ。

　三角とは神俠会の別称である。神俠会の代紋は三角形に〈俠〉の一文字。三角形のてっぺんは六甲山、底辺の波形は神戸港。山と海にはさまれる神戸を表している。

「丸の代紋とはつき合いができきんというわけか」

　美山は声をとがらせた。一神会の代紋は丸に〈一〉の文字がある。

「そんなことは……けど、この一帯は三角の代紋に護られてきました」

　国鉄神戸駅に近い新開地は歓楽街である。聚楽館などの娯楽施設が幾つもある。隣接する福原には浮世風呂がひしめいている。

かつて、この一帯は神俠会と敵対する本間組の島だった。

本間組が衰退したのを機に、美山組が攻め入った。神俠会の高木組や加治組、本間組の流れを汲む二団体も縄張りを主張している。島の明確な線引きはなく、それぞれの組織が経営者と個別に縁を結んでいる。

その数は美山組が圧倒的に多い。おかげで、現在進行中の新開地再開発計画では神戸市と連携し、裏方の仕事を仕切っている。

「えらい見くびってくれるのう。丸印になった美山組にはここを護る力がないとでも言いたいんか」

「そんなことは言うてません。けど、神俠会を敵にまわせば面倒がおきますやろ。親分らは戦争もいとわんかもしれんけど、わしらは商いで飯を食うてます。新開地が戦場になれば客は寄りつかんようになる。わかってください」

「じゃかましい」

美山は怒声を発した。前かがみになる。

「きょうを踏みつけられた極道に、あしたがあるんか」

「わてらはずっと」

言葉を切り、金井がうなだれる。

「神俠会の誰や。どこの組が茶々を入れてきた」

「そんなことやない」

「ほな、何や」

「先だって寄り合いがおました。そこで、これまでどおり、神俠会とつき合いをしていくことに決まったんです」

「そんな話は聞いたことがないわ」

「商店街の寄り合いと違います」

金井の顔に困惑の色がひろがった。

美山はひらめいた。視線をふる。

「おまえらは席をはずせ」

藤木が乾分らをうながし、部屋を去った。が、背後の気配は変わらなかった。

「宮本、おまえもとなりで待て」

「いさせてください」

強い声が返ってきた。

宮本の胸中はわかる。命を護る相手から離れたくないのだ。宮本には苦い経験がある。ボディーガードとしてそばにいながら、二度も渡世の親を懲役に行かせた。親の命令に従った結果だが、忸怩《じくじ》たる思いを引きずっているのは容易に推察できる。

　美山は好きにさせた。宮本の相手をする余裕はない。感情が昂じている。

「総聯の寄り合いか」

「…………」

　金井が眉尻をさげた。

　神戸のパチンコホールの大半は在日朝鮮人が経営している。彼らの多くは、昭和三十年に結成された在日本朝鮮人総聯合会に属し、その強い影響下にある。

「いつのことや」

「先週です。神戸支部から通達がありました」

「通達は神戸のすべてのホールにきたんか」

「そう思います」

「妙やのう。長田にそんな動きはない」

　美山組は長田区の半分以上の地域を島に持っている。

「あそこは、別です」

　言ったあと、金井が身を縮めた。

「ものははっきり言え。さすがの総聯も同和には力が及ばんか」

美山は長田区番町の出身である。同和地区のど真ん中で生まれ育った。

「堪《こら》えてください。何日も悩みましてん。けど、総聯の指示に逆らえば商売ができんようになる。圧力は半端やないんです」

いまにも泣きだしそうだ。

「通達は文書か」

頷き、金井がデスクから文書を持ってきた。「ここで読んでください」

美山は手に取った。

金井の言葉の意味がわかった。右上に四桁の数字がある。誰に郵送したのかわかる通し番号か。金井の誠意は伝わった。

文書を返し、煙草とライターをコートのポケットに戻した。

「事情はわかった。が、はいそうですかとはならん」

金井の意を受け入れれば、美山組は風下に立つはめになる。

長年のつき合いの経営者が美山組との縁を切った。そんな風評が流れたら、ほかとの縁も切れる。ここぞとばかりに神侠会が攻め込んでくる。

地に墜ちた威信は塵だ。踏みつぶされるか、風に飛ばされるか。

「ほな」金井が言う。「どうせいと」

「なにもするな。俺からの連絡を待て」

言い置き、美山は腰をあげた。

金井の気持への礼儀がある。金井ならこの先も情報をくれるとの読みも働いた。

風はさらに強くなっていた。ほこりで目が痛い。

美山は、宮本を連れて商店街の喫茶店に入った。

一階フロアに四人掛けのテーブルが八つある。先客のひとりと目が合った。中華料理店の主だ。その店とも縁をつないでいる。客の大半は商店街の連中と思えた。平日の午後、ひまをつぶしているのか。

階段をのぼり、窓際の席に座った。二階は五席、先客はひと組だった。

ウェートレスにコーヒーを注文し、美山は煙草を喫いつけた。

宮本が顔を近づける。

「俺に気を遣わないでください。在日も同和も、俺には関係ありません」

「勘違いするな。うちにも在日はおる」

宮本は在日朝鮮人二世である。親は大阪で麻雀店を経営している。高校生のとき、親の店を手伝っているさなかに客と口論になり、包丁で相手の腹部を刺した。少年院を出たあとは家に寄りつかず、友人を頼って神戸に住みついた。

盟友の藤堂俊介に聞いた話だ。

「どうして締めあげなかったのですか」

「あいつを締めたところで、面倒が解決するわけやない」煙草をふかした。「この一件、裏がある。総聯だけの意思とは思えん」

「どういうことですの」

宮本が怪訝そうに訊いた。

ウェートレスがコーヒーを運んできた。

ひと口飲み、視線を戻した。

「総聯のことは知らんのか」

「はい。親は総聯を守り神のように思うてますけど」

美山は吹きだしそうになった。

守護神にしてはお布施の額がおおきすぎる。同和団体も似たようなものだ。国や地方自治体からカネをむしり取っている。

「総聯は集金団体や。在日の人たちに同胞意識を根付かせ、彼らからカネを吸いあげる。集めたカネをせっせと北朝鮮に送っている」

宮本が肩をすぼめた。

「在日の経営者とは何人もつき合いがあるけど、総聯が商売のやり方に口をはさむとか聞いたことがない。どこの暴力団とつき合えとは、納得がいかん」

「総聯が神俠会と手を組んだとでも」

「神俠会の誰かが仕組んだ可能性はある」

「心あたりがあるのですか」

「まあな。が、おまえには関係ない」

「そうはいきません」

宮本がむきになった。

いい目をしている。小柄な男は勝気というが、それが目にもあらわれている。

「叔父貴の役に立ちたいです」

「いらんことや」にべもなく言った。「美山組には二百ほどの者がおる。なんで、よその者のおまえを頼らなあかんねん」

「俺には恩義があります」

「あほくさ。おまえは藤堂からの預かりもんや」

藤堂は神戸拘置所に入っている。殺人および銃刀法違反の罪で起訴された。藤堂は罪を認めており、判決に従う意思を示しているという。

神俠会からの離脱を決意した直後、美山はひとりで神戸拘置所を訪ねた。


面会時間が残りわずかとなったところで、藤堂が言った。

「宮本を頼む」

「谷口組には移らんのか」

藤堂が率いる清心会の面々の大半は本家筋の谷口組に移籍すると聞いていた。長い懲役を覚悟し、藤堂が若衆を説き伏せたという。

「谷口の親分は宮本を望んだのやが、本人が拒んだ。あほな男や。今度は出てこれんかもしれんのに」

「そんな男が俺で納得するんか」

「本人の希望や。選ぶ立場かと叱ったのやが」

「形はどうする」

「すまんが、やつの好きにさせてくれ。いずれ気持も変わるやろ」

美山は口をつぐんだ。あれこれ訊ねるのは筋目に反する。盟友の頼みなのだ。どういう事情があろうとも受け入れる。

「時間だ」

　担当が声を発した。

　宮本が身を乗りだした。

「親分への恩です。恩義に報いるため、叔父貴に尽くします」

「尽くさんでええ。が、一緒におるときは、俺の命、おまえに預ける」

「…………」

　宮本が口を結んだ。眼光が増した。

　美山は窓を見た。商店街は人の往来が増えていた。夕暮れが近づいている。買い物籠をさげ、物見しながら歩く女らの姿が目についた。

　ふと思いだした。

「牧村の話を耳にしたか」

「行方不明のままだそうです」

「誰の話や」

「平山透をご存知ですか」

「知らんな」

「牧村さんの舎弟でした」

話しているうちに宮本の表情が沈んだ。

顔の彫りが深く、目鼻立ちがはっきりしている。身なりはいつもジャンパーにジーンズ。初めて見たとき、『エデンの東』のJAMES DEANがうかんだ。

牧村は清心会の幹部だった。藤堂が目をかけていた。美山も気に入っていた。折り目正しい男で、若衆の面倒見がよかったと聞いている。

牧村が何者かに拉致されてひと月が経った。殺された。襲撃の現場に居合わせた者らはそう思っているという。

盃を直して親になった谷口は彼らに口止めをし、警察に届けなかった。賭場を襲撃されたあげく、胴元が連れ去られた。それが知れたら同業に笑われる。病気療養のため帰省した。牧村には家族がいないことにかこつけて、谷口は周囲にそう伝えた。事実を知るのは牧村の身内と一神会幹部の数名である。

「おまえは牧村と親しかったのか」

「博奕を教えてもらいました。平山は実の弟のようにかわいがられていました」

「平山も谷口組に移ったのか」

「はい。ずいぶん悩んだようですが。犯人は必ず見つける。そのときはおまえが仇を取れと……谷口さんに言われ、盃を直したそうです」

美山は眉をひそめた。

谷口の気質は見抜いている。事情説明を受けたさい、谷口は報復の二文字を口にしなかった。話題を変える。

「藤堂との縁の始まりは」

「女です」宮本が即答した。「惚れた女は、日本人でした。むこうの親に反対され、女はガスのホースをくわえた。葬式の日でした。女の父親にぶつかる寸前に親分が立ちふさがって。俺を刺せと」

「それが初対面か」

「はい。女の親は中古車販売会社の社長で、親分とは親しかったそうです」

「刺したのか」

宮本が目元を弛めた。はずかしそうだ。

「左の脇腹か」

「そうです。けど、二センチも入らなかったと思います」

藤堂は空手の有段者である。筋肉は鋼のようだ。藤堂の趣味はゴルフとバイクのツーリング。ゴルフのドライバーの飛距離は桁違いだった。

美山は目を細めた。

――蚊に刺された――

ゴルフ場のシャワールームで藤堂の脇腹の傷を見た。「誰にやられた」美山が訊いたときの、藤堂の返答である。七、八年前になるか。

「おまえは幾つや」

「二十九になりました」

「女は」

「いません」

宮本の声音が変わった。わずかに瞳がゆれた。が、詮索はしない。

「一途か」

「えっ」

「死んだ女に筋を通しているのか」

「そんなにできた男やないです。けど、股に女の名前を彫りました」

「そら、あかん。おまえに惚れた女かて気持が冷める」

「女ができたら、そいつの名前も彫りますわ」

「ええのう。両脚に百人分、彫らんかい」

ひとしきり笑ったあと、美山は真顔に戻した。

「さっきの話やが、おまえは動くな」

「どうして念を押されるのですか」

「おまえの気性はわかっているつもりや」

「…………」

宮本が口をもぐもぐさせた。が、声にならなかった。

藤堂から身柄を預かって半月になる。その間に何度かおなじ仕種や表情を見た。しかし、声を引きだしてやろうとは思わない。距離がずれる。

★

★

頭上に白い月がある。まるい氷がうかんでいるようにも見える。あたりはしんと静まり返り、木の葉の擦れる音がやけにおおきく聞こえる。

成澤哲人はトヨペット・クラウンを降りた。路上に立ち、前方に目を凝らす。

ちいさな灯が幾つもゆれている。石川県加賀市にある山代温泉の旅館の灯だ。

ほどなく、前方から大柄な男が近づいてきた。成澤組舎弟の新里。成澤が組を立ちあげたときから連れ添っている。

　成澤は五年前に神俠会の直参となり、先々月の新体制発足で若頭補佐に昇格した。成澤組事務所は大阪市北区東梅田にある。創設時はわずか五名だった成澤組は直参入りしたときには六十七名、執行部入りしてからは百八十余名に増えた。いまでは神俠会の新興勢力の筆頭格ともいわれている。

「野郎は離れに移りました。芸者が一緒です」

　新里が言った。

　午後十時を過ぎている。

「警護の者は」

「三人とも本館の部屋です」

「まぬけよのう」

　言って、成澤はふりむいた。ボディーガードの井原が控えている。顔は能面のようだ。手を差しだした。

「よこせ」

　井原が首をふる。「俺が殺《ヤ》ります」

「でしゃばるな」

井原が口をすぼめ、セカンドバッグを開いた。油紙に包んだものを手にする。受け取り、成澤は油紙を剝がした。黒い塊が鈍く光る。S&W製リボルバー三十八口径。未使用の真正品を八十万円で調達した。銃把を握り、左側の雑木林に銃口をむけた。こんやは重たく感じる。深夜に六甲山や大阪湾へでむき、何度も射撃練習をした。的は樹木の幹や海に浮かぶ空き瓶だった。

人にむかって発砲したことはない。刃物で斬りつけたこともない。己の手を汚すことなくここまできた。それを非難する同業がいる。懲役が極道者の勲章と思い込んでいる愚かなやつらだ。

が、発砲することにも、人を殺《あや》めることにもためらいはない。この先は身体を張るのもいとわない。機は熟した。それは確信としてある。

けど、撃つまでもないやろ。

胸でつぶやき、成澤は拳銃をベルトに挿した。

日付が変わった。

月が雲に隠れ、あたりは漆黒の闇に沈んだ。北陸の奥座敷と称される温泉街も平日はこんなものだろう。

オレンジ色の門灯が命乞いをするかのようにふるえている。

新里が先頭に立った。きょうが三度目。下見は充分である。小柄な男が背をまるめて歩く。空き巣専門のコソ泥だ。新里が大阪市西成区のドヤ街から調達してきた。窃盗罪で前科四犯。鍵師としての腕はいいという。

右手にある本館の玄関にも灯がともっている。人影はなかった。

新里に声をかける。

「段取りは、ええな」

「はい。自分が飛び込み、谷口の動きを封じる。井原は女を縛りあげる」

「抵抗したらどうする」

「自分が殺ります」

新里が白鞘をつかんだ。

「本館の雑魚どもが来たら」井原が言う。「俺が殺ります」

井原には殺人の前科がある。かつて井原は梅田界隈で暴れる愚連隊だった。地場の暴力団組員と喧嘩になり相手を刺殺、懲役四年六か月の実刑判決を受けた。仮出所の日の朝、成澤は和歌山刑務所に足を運んだ。縁もゆかりも、一面識もない井原を出迎え、その日のうちに親子盃を交わした。当時、成澤は神俠会直参になったばかりで、腕が立つ男どもをかき集めていた。カネで直参になった。そういう風評を払拭するためにも命知らずの猛者《もさ》が必要だった。

離れに着いた。三棟ある。二棟に宿泊客がいないのは確認済みだ。

新里が目配せし、鍵師が腰をかがめた。かすかに金属音がした。鍵師がふりむく。ほっとするような顔になった。

「おまえは車に戻れ」

言って、新里が格子戸に手をかける。

「行け」

成澤のひと声で新里が戸を開けた。そっと中に入る。井原が続いた。

襖が開く。部屋の真ん中に赤い布団がある。

新里が突進し、布団をはねのけた。

「きゃー」女が悲鳴をあげた。

谷口が飛び起きる。

「なんや、おまえら……」声は消えた。

新里のドスが谷口の首にあてがわれた。

井原は女にのしかかり、口に銃口を突っ込んだ。ロシア製のトカレフ。井原は肌身離さず持ち歩いている。

　女が足をばたつかせた。赤襦袢がめくれ、陰毛まで露になった。

　新里が谷口の背後にまわった。左腕を谷口の首に絡める。

　成澤は敷布団の上に胡坐をかいた。

「命をもらいに来た。おなごを抱いて、布団の上で死ねる。本望やろ」

「待て」

　声がかすれた。谷口の目は飛びだしそうだ。

「話せば、わかる」

「見苦しいわ」成澤は面罵した。「あんたはかつての兄貴分。で、俺が直々に出張ってやった。言い残すことはあるか」

　谷口が首をふる。

「ええ覚悟や」

　成澤はリボルバーの銃口を谷口の眉間にむけた。

「違う」谷口の声が裏返る。「頼む。助けてくれ」

「一神会の最高顧問が命乞いかい」

　嘲るように言い、成澤は煙草を喫いつけた。紫煙を谷口の顔に吹きかける。

「訊くが、あんたの命の代わりは何や」

「なんでも……」

蚊の泣くような声だった。顔は血の気をなくし、膝がふるえている。

「男を捨てるか」

成澤は銃口をさげた。谷口の股間にむける。

「ひぃー」

奇声を発し、谷口が身を縮めた。

「腐りかけの竿などいらんわい。極道者として死ぬ覚悟はないのやな」

谷口が目をしばたたく。

成澤は視線をそらした。

女が転がっている。手足を縛られ、口にはタオルが詰めてある。

井原が頷き、セカンドバッグを開いた。

新里が谷口を立たせ、座卓のそばに移動する。

成澤も動き、座卓に腰をおろした。井原がよこしたものをならべる。

「これは……」谷口が絶句した。

座卓に四枚の罫紙。文面の異なる罫紙が二通ずつある。

詫び状

神俠会本家御中
私、谷口清三郎は、任俠道を踏み外し、神俠会本家にご迷惑をおかけしました。
軽挙妄動を恥じ、神俠会および幹部の皆様に深くお詫び申しあげます。

解散届

兵庫県警察本部御中
私、谷口清三郎は、一神会最高顧問の職を辞し、極道渡世から引退します。
あわせて、谷口組を解散することを、ここに宣言します。

成澤は罫紙に左の人差し指を立てた。

「生き延びる道はこれしかない。わいは極道や。堅気者の命は獲らん」

「堪えてくれ」

成澤は顔をゆがめた。銃床で谷口の顔面を殴りつけた。悲鳴のあと、谷口の鼻から血が滴った。胸元に万年筆を突きつける。

「署名せえ。それで、あんたは自由の身や」

谷口がさぐるような目をした。生への執念がにじんでいる。

「ほんまか」

「神侠会の誰であれ、あんたには指一本ふれさせせん」

谷口がこくりと頷く。空唾をのんだようにも見えた。

勝負はついた。成澤は拳銃をベルトに挿した。

谷口が万年筆のキャップをはずした。署名し、拇印を捺《お》すまでに何度もため息を洩らした。未練がましい顔だった。

成澤は罫紙を畳み、一通ずつを二つの封筒に収めた。片方を谷口に突きつける。

「期限は今月末。身辺整理の時間はたっぷりある。それまでに神侠会本家と兵庫県警に届けろ」視線をふる。「新里、二人を柱に括れ」

命じ、成澤は部屋を去った。

心臓が音を立てている。造作もない。そう高を括っていた。そとに出るや、冷たいものが背筋を伝った。見上げた先で、月が笑っていた。

第一章　代紋

メジロだろうか。桜の枝に小鳥がいる。花蜜を啄んでいるのか。

五十嵐健司は笑みをこぼした。極道の屋敷にも小鳥は飛んでくる。

神俠会本家の二階にいる。応接室の窓辺に立ち、庭を眺めていた。空は青く澄み、風が快い。ふらりと散歩をしたくなった。

神俠会が分裂して以降、連日、灘区の本家に通っている。泊まることもある。来客や会議のないときは庭を眺めるのが習慣になった。

ずいぶん通った屋敷である。西本組若衆のころは本家当番として居詰め、よく庭の掃除もした。西本組の幹部になると故西本組長のお伴で参上し、ときに組長の名代としてこの部屋に足を踏み入れた。

あっという間の二十年だった。そんな感慨に浸るのもひとりでいるほんの一時である。本家の若頭に就くまではここで四季を感じることはなかった。

いまも気持に余裕はない。これまでの極道人生で最大の危機の渦中にある。チイチイと小鳥の鳴き声が耳に入るのは胆が据わってきたということか。

ドアをノックする音がした。

返事をする前にドアが開き、男があらわれた。成澤組の成澤組長である。朝早く自宅の電話が鳴った。《耳に入れておきたいことがある》そう言われ、三時間後に本家で会う約束をしたのだった。まもなく午前十時になる。

応接室には一人掛けの黒革ソファが八つ。長方形の紫檀のテーブルを囲んでいる。壁に掛かる代紋を背にする席にはひさしく誰も座っていない。その手前の右に若頭、左に会長代行もしくは舎弟頭が座る。

成澤は左の奥から二番目に腰をおろした。

五十嵐も自分の席に座った。

「若頭《カシラ》、朗報や」

「前置きはいらん」

そっけなく言い、お茶を飲んだ。冷めて、色が変わっていた。

「どうした。機嫌が悪いんか」

二人のとき、成澤は対等なもの言いをする。

成澤は西本に目をかけられていた。本家直参になったあと、西本の仲介で当時は西本組幹部だった鈴井睦夫と兄弟盃を交わした。五十嵐と成澤は鈴井を介しての兄弟分ということになる。が、個人的にどうであれ、組織の序列は無視できない。ゆるぎない縦社会である。成澤も他人がいるときは言葉を選んでいる。

「直《じき》、代行がくる」

本家に着いてすぐ、会長代行の佐伯から電話があった。《これからそっちに行く》否も応もなかった。直後に成澤組事務所の電話を鳴らしたが、成澤は不在だった。

「面倒でもおきたんか」

「そんなものは連日連夜よ。出直すか」

「おる。このさいや。代行の耳にも入れておく」

「えらい鼻息や。なにがあった」

「じつはな……」

成澤が言葉を切り、ドアのほうに目をやる。

足音を立て、佐伯が入ってきた。百七十センチほどの寸胴のような身体を黒のダブルのスーツに包んでいる。布袋さんのような顔つきだが、眼光は鋭い。酒好きのせいか、六十七歳の割に顔の肌艶がいい。

「話はあとや」

小声で言い、成澤がソファにもたれた。

成澤はどちらかといえば痩身で、細面は堅気に見えなくもない。五十嵐よりも四つ上の四十九歳。知恵がまわる。商才もある。資金は潤沢にある。

妬みか、羨望か。成澤を寝業師とか経済極道とか揶揄する直参もいる。

どちらも的外れではないけれど、五十嵐の見立ては異なる。

「おう」佐伯が破声《われごえ》をはなった。「成澤もおったんか」

「代行がお見えになると聞いたので、駆けつけました」

「あいかわらず如才ないのう」

佐伯が笑い飛ばし、五十嵐の正面に腰をおろした。

五十嵐は佐伯を見据えた。

「なにか急用でも」

「ほかでもない。切り崩しはうまく行ってるか」

「ぼちぼちです」

五十嵐はさらりと返した。

「悠長な。のんきに構えてどうする。新聞を読んでないのか」

言って、佐伯がお茶を飲んだ。渋かったのか、顔をしかめる。

けさの新聞は読んだ。

――一神会、ダイナマイトを調達か――

見出しが躍っていた。暴力団関係者の証言として、本文には〈一神会は東南アジアからダイナマイトや手榴弾を購入しているとの情報がある〉と記してあった。

一神会が意図的に流した。五十嵐はそう感じた。

切り崩し工作と資金源を断つ作戦は順調に進んでいる。二月の分裂騒動から二か月で一神会の勢力は二割ほど減少した。その大半は神俠会に戻ってきた。いまも連日、本家には一神会の枝の組長から電話がかかってくる。復縁の打診だ。

だが、五十嵐はそういう状況を執行部の会議で報告していない。情報が洩れれば一神会は身内の締め付けを図る。知っているのは事務局長の鈴井ひとりである。

血を流さずに一神会を解散させ、神俠会に吸収する。

その一念で動き、五十嵐は寡黙をつらぬいている。

佐伯が口をひらく。

「実際はどうなんや」

「うわさです。どこの誰それが地下に潜ったという情報はありません」

「暗殺隊の話は矢島も聞いたそうな。で、ボディーガードを増やした」

舎弟頭の矢島は佐伯の弟分で、主流派の古参組長である。

「心配ならここに泊まられたらよろしい」

五十嵐はひややかに言った。矢島は武力による決着を望んでいる。そんな男が保身に走ってどうする。

「こっちはどうや。準備にぬかりはないか」

「ご心配なく」

「聞き飽きた。どう動いているのか、はっきり言わんかい。おまえが胸の内を見せんさかい、皆が俺に電話してきよる」

「無視してください。こちらの動きがむこうに知れたらパアですわ」

佐伯が口元をゆがめた。

五十嵐は顔を寄せた。

「水谷ですか」

岡山の水谷光一は成澤と共に執行部入りした。佐伯と矢島の強い意向だった。

佐伯が首をかしげる。

「実弾《タマ》を飛ばしたがっているやつです」

「ほかにもおる。青田からは毎日のように電話がある」

「いまもですか」

「ああ。おまえ、青田を呼びつけたそうやな」

「ええ」

そのことで来たのですか。あとの言葉は胸に留めた。

青田勇は前若頭の実兄である。弟の死後に青田組を継ぎ、本家直参になった。序列は末席に近い。が、青田組は依然として強い勢力を保っている。前若頭の青田一成に重用された連中は青田勇を立てている。

三日前の、ブルドッグのような顔がうかんだ。


日曜の午後の、穏やかな雰囲気が一瞬にして消えた。

神戸市生田区にある『オリエンタルホテル』のティーラウンジは静まり返った。客も従業員も、不安そうなまなざしで一団を見つめている。神戸の人々は極道者も胸のバッジも見慣れている。それでも、分裂騒動の行方が気になるのだ。

ずんぐりとした男が近づいてきた。左右と後ろに四人の若衆を従えている。彼らがいなくてもひと目でそれとわかる極道面だ。

「お待たせしました」

青田がおざなり口調で言い、五十嵐の前に腰をおろした。

「お客さんに迷惑や。めだたんところに控えさせろ」

五十嵐はひとりでいる。三人の若衆は路上と車中に待機させた。

「若頭が撃たれても知りませんで」

ぞんざいに言い、青田が人払いをした。ウェートレスにコーヒーを注文する。

「急用とは何ですの」

絡みつくようなもの言いだ。青田は感情を隠そうともしない。

五十嵐は眉をひそめた。顔を合わせるたび不快になる。

「青田組舎弟の吉川が姿を消したそうやな。ほかにも何人か潜ったと聞いた」

青田が前かがみになる。

「うちを監視してますのか」

「せん。が、情報は入る」

「デコスケからですか」

デコスケとは関西の裏稼業の者が使う警察官の蔑称である。

「そんなところや。で、暗殺隊を組んだのか」

「備えです。いざというとき先陣を切れる。戦の常道ですわ」

「講釈はいらん。的は誰や」

「言えませんな。若い者の苦労が水の泡になる」

「どういう意味や」

五十嵐は目でも威嚇した。

青田が顎をしゃくる。

「気に入らんのですわ。執行部の手ぬるいやり方が。本家の若頭が殺されて報復もなしでは同業の笑いものになる」

「なら、盃を返せ」

「なんやて」

青田の目が三角になった。いまにも飛びかかってきそうだ。

「神俠会の直参か、青田組の二代目か。おまえはどっちや」

「跡目を継ぐと決めたとき、私情は捨てた」

「ほざくな」

五十嵐は声を荒らげた。客の視線を感じた。無視する。

「谷口組の賭場を襲い、幹部の牧村を攫《さろ》うたんはどこのどいつや」

「…………」

青田の眉の下がぴくぴくした。

「吉川の仕業やないんか」

「証拠があるんかい」喧嘩腰のもの言いだ。

「ある」

言下に言った。

西本組の賭場に出入りする客から話を聞いた。襲撃現場に居合わせたという。牧村の身内から他言無用ときつく言われたそうである。耳にしたのは襲撃事件の三日後のことだった。若衆らに情報を集めさせ、数名から証言を得た。

「けど、俺の胸に収めてある。あの襲撃事件はおまえの直参入りが内定した直後におきた。日にちが経たんうちに内定を取り消せば、世間体が悪い。事件を公にすれば、これさいわいとばかりに動くあほもでてくる」

「そのほうがよかったわ」

青田が首をまわした。強弁なのはあきらかだ。事実をあきらかにすれば内定は取り消された。内外に示しがつかない。

「つぎは容赦せん」

「ほっとくのですか。腐れ外道らを」

「おまえに言われるまでもない。手は打ってある」

「どんな。わしらが納得できるよう、説明してくれませんか」

「いずれ、皆に報告する」

「せめて期限を切って……」

「やめい」声を張った。「おどれは俺に指図する気か」

青田の顔が真っ赤になった。頭から湯気が立ちそうだ。

「勝手なまねは許さん。執行部の総意に逆らえば処分する。ええな」

五十嵐は席を立った。

ブルドッグのうめき声が周囲にひろがった。


「あいつの気持はわからんでもない」佐伯が言う。「実の弟が殺された。跡目候補の若頭を押しのけ、舎弟から二代目になった手前もある」

「それなら神俠会に盃を返して一本で生きたらええんです」

「本音か。青田がめざわりか」

「ご冗談を。心配のタネのひとつです。やつが執行部の総意を無視して暴走すれば、こっちの苦労がむだになる」

「情の掛け過ぎと違うか」

「どういう意味です」

「覆水盆に返らず。組織を飛びだした者よりも、残った身内の気持に応えるのが若頭の務めやないか」

「言われんでもわかってます。が、神俠会を元の姿に戻すのが俺の最優先の務め。歴代の会長方もそれを望んでいると思います」

「理想どおりにはいかん。寛容にも忍耐にも限界がある。世間体もある」

佐伯がお茶で間を空けた。真顔をつくる。

「きのう、姐に呼ばれた」

「…………」

五十嵐は顔をしかめた。またか。胸でつぶやく。

先代の姐がものを言うたび組織に波風が立ち、騒動がおきた。二か月前の分裂も姐の人事への介入がきっかけになった。姐が当時の松原会長代行を快く思っていないのは幹部の誰もが知っていた。溺愛する青田一成が殺されたことで姐の松原への不満は増大した。だが、私怨とわかっていても、姐の意向は無視できなかった。先代に仕えた者にとって姐の貫目は重すぎる。姐にあまい言葉をささやかれた佐伯は、執行部の決定事項をくつがえしたのだった。

「はや二か月。様子見の期間は過ぎた。切り崩し工作に見切りをつけ、廻状を送る。直参らの不平不満を取り払うためにもそれがベスト。そう思わんか」

「待ってください」成澤が声を発した。「それでは若頭の苦労がむだになる」

「うるさい」佐伯が怒鳴りつける。「おまえは口をはさむな。成金は事務所にこもって算盤を弾いてりゃええのや」

　成澤がにやりとする。

「成金は気に入らんのですか。ゼニがなけりゃ戦もできませんで。なんなら、ゼニ儲けの方法を教えましょうか」

「いらん。面倒や。カネよこせ」

「上納金は誰よりも納めてますけど」

「俺の懐には届かん」佐伯が視線をふる。「西本組の金庫にはなんぼ届いてる」

「くだらんことを。そんな話よりも、廻状は絶縁ですか」

「ほかはない。むこうは筋を通すために出たと言うが、逆盃に変わりはない。勝手な理屈を認めれば神俠会の代紋が曇る」

「せめて破門に。そうしなければ、むこうが戻れんようになります」

「廻状がまわる前に頭をさげれば済むことや」

「その話、姐の意向ですか」

「俺の判断よ。姐は神侠会の行く末を案じていたけど、廻状の話はなかった。のう、五十嵐。おまえが汗をかいているのは承知や。が、ずるずると引き延ばすわけにはいかん。神侠会とは無縁の組織ということを内外に示さなあかんのや」

「もうすこし待ってください」

「いつまで」

「そう遠くない時期に、成果を報告します」

「廻状の件はゴールデンウィーク明けの会議で話す。それまでにめどをつけろ」

「………」

五十嵐は口を結んだ。相手が会長代行でも「はい、そうですか」とは言えない。執行部の定例会は毎月七日に行なわれる。三週間以上先とはいえ、交渉事には時間がかかる。進行中の話も一方的に期限を切れば破談になりかねない。

「わかりました」

成澤の声がして、五十嵐は目をしばたたいた。

「つぎの会議までにきっちりめどをつけますわ」

「五十嵐」佐伯が言う。「成澤の言質、もろうてええのやな」

「結構です」

即座に答えた。そう言うしかなかった。言葉の重みは知っている。弟分が切った啖呵を擁護するのはあたりまえである。

「よっしゃ。たのしみにしとくわ」

佐伯が部屋を去った。

ドアが閉まるや、五十嵐はおおきく息をついた。

「若頭」成澤が声を発した。「心配いらん。めどはついた」

「どう」

「谷口組が解散する」

「ほんまか」

「ああ。きのう、膝詰めで話した」

「なんやて」

声がうわずった。前のめりになる。

成澤が両手を突きだした。

「怒るな。いや、怒ってもかまへん。けど、若頭のためにしたことや」

早口で言い、ことの経緯を喋りだした。

五十嵐は黙って聞いた。

腹の中が煮えくり返った。寝耳に水の話である。

神俠会からは攻撃を仕掛けない。執行部で意思決定し、末端組織にまで通達した。成澤の行為は言語道断。執行部の者が決め事を破れば下に示しがつかない。青田ら主戦派はここぞとばかり一神会を攻撃するだろう。そうなれば、復縁にむけて交渉中の相手が意をひるがえすおそれもある。

五十嵐は感情を抑えた。後の祭りである。

「どうよ。とびっきりの朗報やろ」

成澤が満面に笑みをひろげた。

「なんで相談せんかった」

「反対される」あっけらかんと言う。「うまく行く自信があった」

「端《はな》から谷口を的にかけてたんか」

「幹部なら誰でもよかった。けど、松原も大村も、美山もガードが堅い。松原ら爺どもには二十四時間デコスケが張りついてる」

神経がささくれだした。かつての叔父貴や兄貴分を呼び捨てにするのは仕方ない。けれども、見下したもの言いは鼻持ちならない。

極道者の質が変わりつつあるのは肌で感じている。

成澤は昭和三十年代の、血で血を洗う抗争を体験している。その反面、港湾事業や芸能興行で巨額の収入を得ていた、濡れ手で粟の時代も知らない。

三角の代紋と己の器量と才覚でカネを稼ぎ、せっせと本家に上納金を運ぶ者が出世するようになった。成澤はその筆頭格だ。抗争を体験した直参らは陰口を叩くが、彼らのカネをあてにしているのも事実である。「いらん。面倒や。カネよこせ」佐伯の言葉は本音の吐露だったように思う。

「これで若頭の思惑どおりになる。谷口が引退し、谷口組が解散すれば、一神会は動揺する。若頭に会いたいと、ひっきりなしに電話がかかってくる」

「どうかな」

「そうはならんと思うのか」

「谷口の意志は関係ない。むこうの理事長や若頭がどうでるか。それが問題よ」

「谷口は相談するやろか。己の恥をさらすんやで」

「わが身を護るためなら何でもする。そういう男や。谷口が泣きつくか、うわさを聞いて美山が問い詰めるか。どっちにしても結末は読めん」

「俺を的にかけるのなら、受けて立つ」

「美山を侮るな」

「どういう意味や」

「執行部の総意はむこうも承知。幹部のおまえがそれを破ったことを逆手に取り、神侠会の混乱を煽るかもしれん。そうなれば、おまえの処分は避けられん」

「そんな、あほな」

間のぬけた声になった。上着のポケットをさぐる。

「これを」成澤が封筒を手にした。「預かってくれ。谷口には二通ずつ書かせた。むこうが覚書を反故にしたら使える」

五十嵐は黙って受け取った。

成澤の胸中は読めている。いざというときのために自分を共犯にしたいのだ。それはかまわない。むしろ、望むところだ。成澤も勝手には動きづらくなる。

「手柄はなしや」

「ただ働きかい。まあ、ええ。若頭に貸しや」

こともなげに言った。

「金沢には何人連れて行った」

「先乗りが二人、井原と運転手を加えて四人や。計画を事前に教えていたのは舎弟の新里と井原だけで、何かあれば新里が被る」

「よし。あとはまかせろ」

「代行の耳に入れるのか。詫び状が届くまで知らんぷりか」

「届いたあとも知らんぷりや。おまえが襲撃したことはあの世で喋る」

そのほうが安全だ。佐伯に話せば、その日のうちにも銃声が轟くだろう。佐伯は執行部に不満を持つ連中を手なずけている。

「俺は身辺を固めていればええのか」

「その心配はない。谷口はドジを踏んだ。一神会としては動かん。谷口組もおなじ。あの組は藤堂ひとりで持っていた。その藤堂は長い刑務所暮らしになる」

「若頭は藤堂とも仲がよかったそうやな」

成澤がさぐるような目をした。

「ゴルフ仲間や」

「若手三羽烏で生き残るのは若頭ひとりか」

「…………」

五十嵐は口をつぐんだ。

神侠会が分裂するまでの十余年、五十嵐、美山、藤堂の三人はそう呼ばれ、将来は神侠会を背負って立つといわれていた。五十嵐は主流派、美山は穏健派、藤堂は反主流派。それぞれの立場を超え、三人は誰はばかることなく連携の絆を深めてきた。神侠会が一枚岩であり続けることをひたすら願った。

が、極道者は親あっての子、組織の中の個である。三人の前に立ちはだかる壁はあまりにもおおきかった。

不運も重なった。五十嵐は九州のやくざ者に襲われ、重傷を負った。五十嵐が前若頭と九州の組長の縁組に反対したことへの報復であった。

神侠会に亀裂が生じるのを危惧した美山は、独断で前若頭に談判し、事態の収束を図った。そうとは知らず、藤堂は会談の場に乱入し、前若頭を射殺した。

それらの出来事が走馬灯のようによぎった。

「美山と会うてるのか」

成澤の声がして、五十嵐は視線を戻した。

「いずれ、話し合う日がくる」

「一神会の消滅前夜か」成澤が薄く笑う。「そのへんのことはまかせる。けど、いま若頭が頼りにするのは美山やない。俺と鈴井や」

「わかっとる」

声がとがった。また神経がざらつきだした。

「金沢の件、鈴井には話す」

「そうしてくれるとありがたい。兄弟にも話せんのは心苦しかった」

成澤がしおらしく言った。

五十嵐は苦笑をこぼした。成澤はころころ表情が変わる。


翌々日の夕刻、五十嵐は西本組事務所に鈴井を呼んだ。

神俠会は執行部の合議制で組織を運営している。現在は六名。若頭補佐に大阪の成澤、岡山の水谷、三重の柳下。事務局長の鈴井を加えた四人は新参である。四人の平均年齢は四十八歳。分裂前の執行部よりも十歳以上若くなった。

人事にあたり、五十嵐は鈴井の事務局長就任にこだわった。水谷と柳下は佐伯の身内も同然である。同門といえども成澤は油断できない。気心の知れた鈴井をそばにおき、組織の裏方役をまかせたかった。

「鈴井の叔父貴がお見えです」

若衆の声のあと、二階にある応接室のドアが開いた。

鈴井が入ってきた。神妙な顔をしている。そうでなくてもしかつめ顔で、いつも表情にとぼしい。無言でソファに腰をおろした。

五十嵐は若衆らを退室させた。

ドアが閉まるなり、鈴井が口をひらく。

「ややこしい話ですか」

「ああ」

五十嵐はテーブルのボトルを手にした。レミーマルタンをグラスに注ぐ。鈴井は口下手で、緊張しやすい。で、酒の用意をさせた。鈴井は行ける口だ。

ひと口飲んで、鈴井が息をついた。

五十嵐は封筒を鈴井の前に置いた。

「読め」

鈴井が罫紙を取りだした。「これは」言葉を切り、目をまるくする。

「本物よ。おなじものを本人が持っているそうや」

「どこで手に入れたのですか」

「成澤が拳銃《チャカ》で威して、書かせた。山代温泉でのことらしい」

鈴井が啞然とした。

「兄弟の俺に内緒で。若頭は知っていたのですか」

「相談されたら止めた」ひと息つく。「おまえと成澤の仲はどうなんや」

「兄弟分やさかい、それなりのつき合いです」

「俺とはどうよ。それなりか」

鈴井が目に角を立てる。

「くだらん冗談はやめてください」

五十嵐は目を細めた。

十五年前も、鈴井は不機嫌を露にした。

亡き西本組長が若衆らを前にして五十嵐の若頭昇格を伝えた日のことである。古参若衆の中には西本に異を唱える者もいた。兄貴格の鈴井を気遣っての発言と思えた。その日の夜、五十嵐は鈴井を食事に誘った。

「兄貴には済まんと思うてます」

「どあほ」

「…………」

「親が決めたことや。内々のことは俺にまかせろ」

言って、鈴井が二つのぐい呑みに酒を注いだ。

交わした酒は五臓六腑に沁みた。


五十嵐は頭をふって記憶を払い、ソファにもたれた。

「本家と県警に届いたのですか」

「その報告はない。成澤は、月末と期限を切ったそうな」

「このことを知っているのは」

「成澤が他言していなければ俺とおまえだけ。その紙が本家に届いたとしても、成澤の関与を話すつもりはない。成澤も承知や」

鈴井が首をかしげた。

すかさず訊く。「どうした」

「手柄をほしがるあいつにしてはめずらしいと思いまして」

「兄弟分の気質がわかってないのう。あいつは俺に貸しやとぬかした。が、内心はほっとしたはずや。谷口が引退しようと、組を解散しようと、成澤が執行部の総意を無視した事実は消えん。処分をせな、青田らが勢いづく」

「われ先に攻撃を仕掛けますね」

「そういうことや」

「詫び状が届いたあとはどうするのですか」

「どうもせん。これまでどおりよ」

鈴井が意外そうな顔を見せた。

「攻め時やと思うのか」

「ええ、まあ。けど、攻めなくても、こっちになびく者は増えますね」

「成澤もおなじ読みや。そのために谷口を的にかけたとも言うた。が、こっちの都合よく事が運ぶとは思えん」

「むこうが手を打つと。どんな」

「いろいろ考えられる。訊くが、俺が戦争を避けたがっていると思うか」

鈴井が眉尻をさげた。こまったような顔になる。

「むこうは喧嘩上手が揃うてる。幹部は全員が三十年代の戦争を経験してる」

「山陽道でも、九州でも、先頭に立ったのは西本組です」鈴井が声を強めた。「西本組一門だけでも一神会には負けません」

「わかってる。が、神侠会に残った連中の半分は戦争を知らん。成澤もそうや。西本組が気を吐いたところで、連中がどこまでやれるか。長期戦になるのは必定で、どちらも体力を消耗する。金庫のカネは減り、大勢の若衆が懲役に行く。そうなりゃ警察は手を叩き、関東のやくざ者はにんまりする」

五十嵐はテーブルのパッケージを手に取った。本数は減らしたけれど、喫煙はやめられない。やめる気もない。天井にむかって紫煙を吐き、視線を戻した。

「おまえのほうはどうや。順調か」

「手応えは充分です。関西の建築業界は神俠会一本でまとまりました。一神会の幹部らと縁のある二次三次の下請業者も従うでしょう」

西本組は西本興産という正業を持っている。将来を見据えて、先代が創業した。ショベルカーなどの土木機器をリースする会社である。元総理の田中角栄が提唱する日本列島改造論のおかげで飛躍的に成長した。関連企業も増えた。

西本組の二代目に就いたとき、五十嵐はそれらの正業を鈴井にまかせた。西本組舎弟から本家直参に盃を直した鈴井への祝儀の意味合いもあった。

「政治家も動いています」

「成澤に頼んだのか」

成澤は、関西財界の伝《つて》で、国と地方の議員にも触手を伸ばしている。

「はずかしながら、そっち方面はからっきしなもので」

「恥じることやない。けど、ゼニがかかったやろ」

「これだけ使いました」

鈴井が左手を開いた。

四千五百万円か。声になりかけた。鈴井は小指を欠損している。若いころ、本家の叔父貴筋の組の幹部を刺し、重傷を負わせた。行きずりの喧嘩だった。

「成澤はカネの心配はいらんと言いましたが、借りはつくりたくなかった。国会議員二人に一千万円ずつ、大阪府と兵庫県の議員六人に五百万円ずつ。西本興産の隠しガネから工面しました。報告せずに、すみませんでした」

「かまへん。西本興産をつぶそうとも文句は言わん」

鈴井が角刈り頭に手をのせた。

「公共事業の利権も押さえられると思います」

「ようやった」

充分な成果だ。売春と博奕のしのぎは高が知れている。繁華街での場所代は組員らの食い扶持にしかならない。覚醒剤の売買はリスクの割にしのぎが薄い。そのうえ、神俠会は覚醒剤売買を禁止しているから露見すれば処分される。分裂後の直参で資金に余裕があるのは、企業や団体に喰い込むごく一部である。

「大阪はともかく、兵庫県の国会議員に会《お》うてもらえませんか」

「やめとく。それこそ成澤に義理をかむ」

鈴井が首をすくめた。堅気が避けて歩く極道面だが、笑うと愛嬌がある。

五十嵐は煙草を消した。

「キャバレーに行くか」

神戸のキャバレーは年中無休。台風が襲来しようと営業する。キャバレーのホステスとその客が頼りのナイトクラブも同様である。

「お供します」

鈴井が相好を崩した。女も好きだ。愛嬌を超して、ガキの顔になった。

★　★

三宮東門のはずれにあるナイトサロン『薔薇』の扉を開けた。

百平米のフロアに『FLY ME TO THE MOON』が流れている。左側に十数人が座れるカウンター席、フロア中央の白いグランドピアノを囲むようにして十三のテーブル席がある。グランドピアノは演奏者を待っていた。

　まもなく午後六時になる。キャバレー以外の酒場は開店前だ。

　美山勝治はカウンターに座り、ベストを着たバーテンダーに話しかけた。

「こんな時間に悪いな」

「とんでもないです。ママは七時前に入ると連絡がありました」

「ウィスキーの水割りを」宮本にも声をかける。「座って飲め」

　宮本がカウンターの端に腰をおろした。

「トマトジュースを」

「酒にせえ。きょうは出番なしや」

　バーテンダーがカウンターに二本のボトルをならべた。バランタイン21とレミーマルタン。どちらも首飾りに〈美山〉とある。

　バーテンダーが宮本に訊ねる。「どちらになさいますか」

「バランを、ロックで」

　ほどなく兵庫県警察本部の中原があらわれた。

　中原はマル暴担当一筋である。昭和四十一年に暴力団対策の専門部署として捜査四課が新設される以前から、神俠会とかかわってきた。神俠会に関しては生き字引のような男である。美山とも二十年のつき合いになる。

美山は、近づいて来た中原の二の腕にふれた。紺地にオフホワイトのピンストライプのスーツ。やわらかい毛が立っている。

「モヘアか」

「ギイチが仕立ててくれた」何食わぬ顔で言う。「似合うてるか」

村上義一は美山組の舎弟だった。おなじ地区に生まれ育ち、美山のあとを追うように極道者になった。そのころ同和出身者が生きる道はそう多くなかった。村上の将来をおもんぱかり、美山はかつての親の松原に村上を預けた。松原組の若頭補佐までのぼりつめたが、松原組の解散を受けて友定組の舎弟になった。

「これに替えろ」

美山は自分のネクタイをはずした。

中原が煉瓦色のネクタイを取り、ネイビーブルーのそれを首に巻く。

「こわれた顔はどうにもならんが」

言いながら、美山は結び目を直してやった。

中原が宮本の脇腹にふれる。「見せろ」

宮本がジャンパーの懐に手を入れる。ためらう気配はなかった。

中原が拳銃を手にした。小型の自動拳銃だ。

「ベレッタか。ええもんやが、二十二口径で殺れるのか」

「鼻を撃ちます」

宮本がさらりと言った。

「かしこい。相手の鼻を狙えば顔のどこかにあたる。さすが藤堂の子飼い。しっかり美山を護ってやれ」

拳銃を返し、中原が椅子に座ろうとする。

「むこうや」

声をかけ、美山はフロアを歩きだした。

壁際の席に移った。円形テーブルのキャンドルライトがゆれる。ダークブラウンとグレーの絨毯、壁はワインレッド。間接照明の光量は抑えてある。

中原が店内を眺める。

「しゃれた店や。女はおらんのか」

「おる。けど、席には着かん」

営業中は制服を着た女がドリンクや料理を運んでくる。

中原がカウンターにむかって顎をしゃくった。

「あいつばかり連れていると、ギイチが拗《す》ねるぞ」

「あほなことを。目の届くところにおいてるだけや」

「なるほど。たしかに、あいつは物騒や」

中原と宮本は縁がある。藤堂が最初に人を殺めたとき、宮本は現場にいた。先に発砲したのは宮本だった。その事件で、中原は宮本を取り調べた。

バーテンダーが水割りのグラスとオードブルを運んできた。

中原がチーズをつまみ、グラスを傾ける。

美山は煙草を喫いつけた。

「なんの用や」

一時間ほど前、中原は一神会の本部事務所に電話をよこした。

「松原のおっさん、急に老けたな」

「会うたんか」

「さっき、大倉山に行ってきた」

松原の家は生田区西端の高台、大倉山と称される地域にある。

美山は煙草をふかし、あとの言葉を待った。

「引退を勧めているのだが、頑固でいかん」

「むだなことはするな」

「松原とおまえがおちぶれる姿は見とうない」

「一神会がつぶされると思うんか」

「どう見ても不利や。代紋の重みが違う。三角はぎょうさんの血を吸うてる」

「承知や。それでも共存はできる」

　中原が目を見開いた。

「本音か。だとしたら、おまえは底なしのあほや。神俠会はあらゆる手段を使うて一神会を潰しにかかる。まずは兵糧攻め……実感してるやろ」

「米櫃《こめびつ》はなんぼでもある」

　つっけんどんに返した。気の許せる相手にも胸の内は見せない。口が裂けても愚痴や弱音は吐かない。ずっとそうしてきた。

「ほな、離脱者が後を絶たんのはどういうわけや」

「本人らに訊け。去る者は追わん」

「近々、一気に増えるぞ」

「なにをつかんだ」

「連休明けに廻状がまわる。記者会見を開くという話もある」

「おい。冗談では済まんぞ」

言って、美山はグラスを摑んだ。あおり、息をつく。

中原が顔を近づける。

「五十嵐と連絡を取ってないのか」

「その状況にないわ」

吐き捨てるように言った。

神俠会の分裂以降、五十嵐とは顔を合わせていない。電話では二度話した。互いの意思の確認のようなものだった。それだけでも気分はおちついた。いずれ差しで話し合うときがくる。五十嵐もそう思っているだろう。

「仲に立ってやろうか」

「いらん。それよりも、廻状の件は間違いないんか」

「佐伯が宣言したそうな。来月七日の会議で決定するとも聞いた」

美山は椅子にもたれた。ありうる話だが、信じられない思いもある。

中原が灰皿に手を伸ばし、美山の喫いかけの煙草を消した。

「威しや。佐伯に近い者が意図的に流した。そんな気がする。タイムリミットを設けて、復縁を急がせる狙いやろ」

「教えられんでもわかる」

美山は苛立ちまじりに言い、あたらしい煙草をくわえた。

「ところで」中原が言う。「谷口はどうしている」

「知らん。谷口さんがどうした」

「うわさが流れている。谷口が引退すると」

「ほんまか。うわさの本は」

「わからん。四課が確認中や」

美山は顔をしかめた。腰がうきかける。いますぐ谷口に会いたい。立て続けに煙草をふかした。うかんだことが声になる。

「その話、理事長にしたか」

「するか」

中原が怒ったように言った。

「確認できたら報せてくれ」

「ああ。けど、事実なら離脱者が雪崩《なだれ》を打つぞ」

「谷口さんの居場所を突き止めてくれ」

「事務所に訊け」

「内々に会いたい。頼む」

谷口が数日前に北陸へ行ったことは聞いている。どうせ女だ。北陸の温泉芸者にはまっている。そんなうわさを耳にした。

「わかった。ステーキを食わせろ」

中原が立ちあがった。

扉にむかいかけたとき、カウンターの脇から女があらわれた。

「もうお帰りですか」

中原が立ち止まる。

「えらい別嬪《べっぴん》やのう」

女がほほえんだ。ワンショルダーの深紅のイブニングドレスを着ている。

「ネクタイ、お似合いですね」

間近に来て、女が言った。

中原がちらっと美山を見た。

「そうか。返そうか」

「いいえ。また選ぶたのしみができました」

「へえ。ええ女はもの言いにも味がある。おしゃれや」

　中原が歩きだした。

　美山は、カールの効いた女の髪にふれてから、店を出た。


　翌日、午後十時を過ぎて、友定彰が一神会本部を訪ねて来た。

　友定は松原組若頭として長く松原に仕えてきた。一神会理事長に就くさい、松原は組を解散し、まるごと友定に移譲した。友定組の看板を掲げた友定は一神会の若頭補佐になった。友定組は三百七十余名。一神会では最大の勢力である。

　応接室のソファに座るなり、友定が人差し指を上にむけた。

「賑やかですね」

　おだやかなもの言いだ。

　友定は分をわきまえている。松原組では弟分だった美山が神俠会の直参になったあとは叔父貴と呼ぶようになり、いまは若頭と言う。美山は兄弟と呼んでいる。

「毎週のことよ」

　美山はおざなりに言った。

　友定が怪訝そうな顔をした。

「誰ですの」

「大村さんや。舎弟の元木さんもおる。さっきまで小言を聞かされた」

「若頭に」

「俺にしか言えん。ほかの者に言えば愚痴になる」

友定が目で笑った。

若衆がお茶を運んできた。

美山は友定にひと声かけた。「酒がええやろ」

「お願いします」

「オールドパーや」

若衆に言い、美山は煙草をふかした。

去りかける若衆を友定が呼び止めた。財布を手にする。

「鮨も頼む」友定が五万円を渡した。「ここに三人前。あとは皆で食え」

「ありがとうございます」

若衆が深々と腰を折った。

本部には十人ほどの若衆が常駐している。

若衆が立ち去ると、友定がまた天井を指さした。

「しのぎの件ですか」

「ん」

「愚痴の本は欲でしょう」

「友定組も細ったか」

「正業のほうで横槍が入っています。深刻な事態にはなっていませんが」

松原は若衆に正業を持てと言い続けていた。それを率先したのが友定である。貸金業、労働者斡旋業、建築コンサルタント業などの合法会社を持っている。若頭として松原組を束ねる一方、資金面でも松原組と組員を支えてきた。

「兄弟の爪の垢でも煎じて飲ませたいわ」

つい愚痴っぽくなった。

「気苦労、お察しします。お手伝いできることはありますか」

「そのときがくれば力を貸してもらう。いまは皆、己の裁量でやらせたい」

どこの組の賭場も客が減った。競馬場や競輪場でのノミ行為も売上をおとしているという。債権の取立てや企業トラブルの捌きもはかばかしくない。一神会創設から二か月で痛感している。だが、しのぎは個々の器量だ。代紋云々というのなら古巣に戻るしかない。そんなことは承知の上で離脱した。

若衆が入ってきて、トレイをテーブルにのせた。

動きかける友定を手で制し、美山は水割りをつくった。

美味そうに咽を鳴らし、友定が視線を戻した。

「例の話もでたのですか」

「ああ」

きょうの昼過ぎ、美山は友定と電話で話した。《廻状の件は間違いない。七日や》

中原から連絡があった直後のことだ。友定も情報収集に動いたか。一時間ほど前に電話をよこし、本部にでむくと連絡してきたのだった。

副理事長の大村の破声が鼓膜によみがえった。


「美山」

大声がして、応接室のドアが開いた。

足音を立て、大村が突進してきた。

同行した元木の眦《まなじり》はつりあがっていた。元は大村組の舎弟で、いまは一神会顧問の肩書を持つ。大村の腰巾着。誰もがそう思っている。

大村が美山の正面に座った。

「廻状がまわるとは、ほんまの話か」

「そのようです。俺もきょうの昼間に知りました」

「なんで、すぐ皆を集めなかった」

「集めてどうするのです」

「はあ」大村が顎を突きだした。「寝ぼけているのか。対抗策を講じるのや」

「破門や絶縁にならないと思っていたのですか」

大村が低く唸った。

そこへ若衆が竹細工の盆を運んできた。日本酒の小瓶が載っている。大村が命じたのだろう。顔を合わせるたび大村は酒を食らう。

元木が小瓶を持ち、大村の盃に酒を注ぐ。

「皆の動揺を鎮めるのが若頭の務めや」

見下したようなもの言いだった。元木は虎の威を借る狐だ。

「身体を大木に縛りつけても、ゆれる心はどうにもならん」

「あほな」元木が目をむく。「対抗策を示し、一神会の力を見せつけろ」

「戦争せえと」

「そうは言ってない。が、一神会が風下に立たされるのは我慢ならん」

「元木の言うとおり」大村が口をはさむ。「わしらは大義をもって離脱した」

「…………」

美山は口をつぐんだ。

それならうろたえるな。声になりかけた。むだなことだ。声高に大義をふりかざす者の器量は底が知れている。

「わかっているのか」元木がまくし立てる。「この二か月で二割の者が寝返った。親に楯突き、復縁を望む者もおるらしい。しのぎが細ったせいや。絶縁状がまわれば二割が五割になるかもしれん」

「絶縁と決まったのか」

「そういう話や。破門なら……」

元木が語尾を沈めた。大村に睨まれたからだ。

絶縁は極道社会からの永久追放を意味する。破門なら極道として生き残れる。

「おまえ、五十嵐と連絡を取ってないのか」

大村がさぐるようなまなざしで言った。

美山は眉をひそめた。五十嵐に会い、せめて破門にするよう談判させたいのか。そう思った。が、それも無視だ。

「枝は細っても、幹は枯らしません」

「その言葉、忘れるな」

凄むように言い、大村が元木に声をかける。「上で飲むぞ」

酒と女に目がなくても、夜の繁華街にはでかけたくないのだ。闇夜に銃声。いつ襲撃されてもおかしくない状況にある。

「おなごを呼びましょう」

元木が応じ、サイドテーブルの電話機に手を伸ばした。


上を見あげて頭をふり、美山は大村らとのやりとりを話した。

「皆を集めるのは俺も賛成です」友定が言う。「ただし、対策を講じるためでも、皆の動揺を鎮めるためでもない」

「皆の意思を確認するのか。寝返れば殺すと威すのか」

「物騒な。他人の心を支配するのはむりです。若頭が言うように、木に縛りつけようと、そんな連中は戦力になりません」

「なんのために招集をかける」

「皆の腹の中をさぐることはできます」

「ほう」

声になったか、ならなかったか。いかにも友定らしい。ずっと以前に松原が友定を軍師と評したのを思いだした。

「身内の動静をさぐっているのか」

「聞きたくない情報まで耳に入ります。俺の不徳の致すところか、友定組の枝の何本かもゆれているようです」

「枝を切りおとすのか」

「しません。けど、神俠会に移ることだけは許さない」

美山は息をついた。去る者は追わない。美山の信条とは異なる。

「ちょうどいい機会です。このさい、身内を選り分けてはどうですか」

「俺に人を見る目があると思うか」

「くだらんことを言わんでください。理事長が泣きますよ。俺やギイチに人を見る目がないことになる」

「すまん」素直に詫びた。

「むこうに寝返りそうな者、引退の文字がちらついている者を遠ざける。一神会を護るためです。そうしなければ、こっちの動きが筒抜けになる」

「出戻りの手土産か」

「ええ」

若衆が鮨桶を運んできた。

二人でつまむ。生臭い話はやめた。せっかくの馳走が不味くなる。

しばらくして友定が手を休めた。

「ギイチと会ってますか」

「近ごろはここにも顔を見せん。あいつがどうかしたか」

「ギイチが無口になると気になります」

美山は頷いた。

自分にも経験がある。しかし、安易な発言は控えるべきだろう。実の弟のような存在だが、村上は友定組にいる。

「折を見て、会ってもらえませんか」

「そうする。が、報告はせん」

友定が目元を弛めた。

「まったく、実の兄弟ですね」

「ん」

「失礼。若頭に会えて、気分が軽くなりました」友定が腕の時計を見る。「そろそろ退散します。長居すると愚痴がでそうです」

友定が腰をあげた。

美山は見送りたい気分になった。


若衆らが立ちあがった。

「ごちそうさまでした」声を張り、頭をさげる。

「残りもんやが、これも食ってくれ」

友定が手の鮨桶を差しだした。

「宮本、兄弟を送ってやれ」

「結構です」

友定が言い、宮本に話しかける。「若頭から離れるな」

「はい」

声と同時に玄関のドアが開いた。

「こんばんは」

三人の女が入ってきた。皆が厚化粧している。

「なんや、おまえら」

宮本が声を荒らげた。

「元木の親分に呼ばれてん」

ひとりがあっけらかんと言った。

「うちらお店を早引けしてきたんよ」別の女が言い添えた。

「ここは一神会の本部や。元木組の事務所に行かんかい」

友定が声を発し、財布から一万円を抜き取った。「車代や」

女らがきょとんとした。

若衆らが笑いを堪えていた。溜飲を下げたような顔も見えた。

★　　★

閑静な住宅街をパトカーが徐行している。ここに着くまでにも見た。

村上は、運転席の五郎に声をかけた。

「手ぶらか」

「はい」

「呼び止められたら、従え」

「わかりました」

五郎がパトカーを追い越した。サイレンは鳴らなかった。

松原の家の前には88ナンバーのセダンが停まっていた。

「どうします」五郎が訊く。「消えるのを待ちますか」

「待たん。うしろに停めろ」

言われたとおりに車を停め、五郎がそとに出た。

村上も車を降り、スーツの襟を正した。

門から県警四課の中原が出てきた。

「おう、ギイチ。なにしに来た」

「こっちの台詞や」

村上は笑って返した。

旧知の仲だ。美山に紹介された。いつのころからか、年長の中原と気さくにものを言えるようになった。

「さぼりに来てたんか」

「まあな。おまえは何の用や」

「庭を見に来た」

「似合わん台詞は吐くな」

笑って言い、中原が五郎に近づく。

察した五郎が両腕をあげた。

「道具もなしで親分のボディーガードが務まるのか」

「…………」

五郎が口をとがらせる。顔が赤くなった。感情を制御するのが苦手なのだ。

「あいかわらずやのう」

五郎の肩をぽんと叩き、中原が自分の車に乗り込む。

「五郎、車で待ってろ」

村上は松原の家の門をくぐった。


庭に深山躑躅《みやまつつじ》が咲き誇っている。中空に紅い絨毯が浮かんでいるかのようだ。深山躑躅の花が萎むころには、藤棚からあざやかな紫色の花穂が垂れさがる。

庭を臨む居間にいる。この家で四季を感じて十年が過ぎた。

長田区番町の生家にも猫の額ほどの庭があった。一年中じめじめとして、ぺんぺん草しか生えていなかった。記憶の風景に花はない。目に留まらなかったのか。

松原が入ってきた。床の間を背に胡坐をかく。

紬《つむぎ》の着物の襟元がさみしく感じた。

松原が口をひらく。

「傷はどうや」

「もうすっかり。ご心配をおかけして申し訳ないです」

藤堂俊介が前若頭の青田一成を襲撃したさい巻き添えを食らった。美山が青田を庇って盾となり、藤堂の銃弾を受けた。村上は美山に駆け寄ろうとして、飛び込んできた青田の乾分に背中を刺された。美山は銃弾が貫通して全治一か月、内臓を損傷した村上は全治三か月の重傷を負った。

「古傷は梅雨になると疼く。用心しろ」

言って、松原がお茶を飲む。いつもと変わらぬ所作だった。

「友定とあんじょうやってるか」

「はい。好きにさせてもろうてます」

「友定はおまえの本心がわかっているのや」

やさしく言い、また茶碗を口に運んだ。

村上は口をつぐんだ。かつての親といえども、己の心の様を見せたくない。

──おまえは美山につけ。それが自然や──

松原組が解散するさい、松原に言われた。

──自分は親分のそばにおるのが自然やと思います──

村上はそう答えた。

松原が引退するのであれば厚情にあまえた。しかし、松原の一神会理事長就任が内定していた。松原が極道者でいるかぎり、筋目を違《たが》えたくなかった。熟慮の末に友定組に身を寄せると決めた。それなら松原とも美山とも近い位置にいられる。友定は、無役の舎弟という気楽な立場で迎え入れてくれたのだった。

話題を変えたくなった。

「そとで中原に会いました。なにかあったのですか」

「お節介よ。解散しろと、うるさい」

「廻状のせいですか」

「ああ。引退しろとはずいぶん前から言われていたが、一神会の解散を口にしたのはきょうが初めてや」

「県警本部の意向ですか」

「それはない。あそこは高みの見物よ。指をくわえて戦争が始まるのを待っている。

両方の体力を消耗させ、機を見て介入するつもりや」

「中原はそれを承知で」

「あいつなりに心配してくれている。立場は違うが、長い年月、おなじ沼で生きてきた。煮ても焼いても食えん男やが。おまえも不安か」

「はい。いつでも不安です」

「それがあたりまえや」

松原がこともなげに言った。

村上は松原を見つめた。

――人間はロボットやない。鋼の信念があろうと心はゆれる。感情は乱れる。しくじる本や。けど、生きている証でもある――

そう言われたのを憶えている。また胸の内を見透かされたか。そう思う。美山もおなじだ。が、二人とも村上の心の扉をこじ開けようとはしない。

「おまえは何の用や」

「庭を見たくなりました」

うそではない。ここの庭を眺めて生きていたい。そう思うときがある。

「ところで、ここの警備は万全ですか」

「二階に三人おる。夕方になると別の二人がガレージに入る。窮屈でかなわん」

村上は苦笑した。

松原は、自宅に若衆を置かず、夜の街でも若衆を連れて歩かなかった。おかげで村上は神経を消耗した。酒場で松原が襲撃されたときは肝を冷やした。

「嫁にも迷惑をかけてる。若い者は食欲が旺盛や」

「ギイチも食べるか」

庭から声がし、村上は視線をふった。

姐が立っていた。久留米絣《くるめがすり》に白い襷《たすき》を掛けている。

「和歌山からクエが届いたで」

「クエ鍋ですか。よだれがでそうです」

「クエのトロも絶品や。おまえにだけ食わしたる」

「五郎が一緒ですねん」

「呼んだり」

「わいは」松原が言った。

「あんたに脂もんはあかん。医者に言われてます」

姐の笑顔が夕陽に映えた。

料理を堪能したあと、縁側で月を眺めながら松原と酒を酌み交わした。

松原が引退すればこういう機会が増えるだろうか。そんなことを思った。庭をよぎる夜風は胸の不安を消し去るかのように心地よかった。

途中、車の走る音がし、門扉越しに警察官が顔を覗かせた。

そのたび現実に引き戻された。松原の機嫌がよかったこともあり、思わぬ長居になった。松原の家を去るときは午後十時を過ぎていた。

車に乗り、ゆるやかな坂をくだった。下山手通を西へむかい、トアロードとの交差点を左折する。ラブホテル街を通りぬけ、生田区北野町に入った。

村上が率いる義心会の事務所は坂の途中にある。自宅もおなじマンションだが、このひと月あまり、村上は夜明け近くまで事務所で過ごしている。

五郎を伴い、応接室に入った。

「ご苦労さまです」

二人の男が声を張った。事務長の三木新之助と新参の坂下鉄二。どちらの表情もぎこちなく感じた。ちかごろはそういう顔を見慣れた。

上着を脱いでソファに座った。

「熱い茶をくれ」鉄二に言い、五郎に目をやる。「おまえは飲め」

「はい」

五郎が顔をほころばせた。

松原との食事中も、縁側で月見酒をやっているさなかも五郎は酒を控えた。運転よりも気の弛みをおそれたのだ。

五郎と新之助がならんで座った。

若頭の高橋孝太以下、十二名の若衆がいる。おなじ番町出身の孝太は義心会を興す前から村上に寄り添っていた。五郎と新之助、前田裕也は設立時からの身内で、五郎と裕也は若頭補佐の肩書を持つ。幹部四人の平均年齢は三十歳。誰も義心会以外の世界を知らない。残る八人の若衆のうち三人は懲役に行っている。

湯気の立つお茶を飲み、村上は新之助を見据えた。

「野球はどうや」

「きょうはカッパギでした」声がはずんだ。

野球賭博の張り客の全員が負けたという意味である。

義心会の主なしのぎは賭博だ。プロ野球と高校野球を対象にした賭博、競馬場や競輪場でのノミ行為、公営ギャンブルは電話でも受ける。事務所では賽本引きとバカ麻雀と称する麻雀賭博を開いている。が、谷口組の賭場が襲われたと聞いて、賽本引きの常盆は閉じた。むりをして開けたところで客は来ない。せまい世界である。谷口組が口をつぐもうと、うわさはひろまる。警戒してか、バカ麻雀の面子《メンツ》も集まりにくくなった。いまは野球賭博に頼っている。

美山の厚情で建設関連のしのぎも手掛けている。業者間や住民とのトラブルを処理する。関西でいう〈捌き〉である。

新之助の笑顔には反応しなかった。うかれている場合ではない。

「孝太はどこや」

「一時間前に電話がありました。大阪のミナミにいるそうです」

「またか。で、女を特定できたか」

「いいえ。前の二回とおなじクラブですが、警戒がきびしくて店の中どころか、ビルにも近づけないそうです」

神俠会会長代行の佐伯は車を連ね、五人の若衆に護られているという。大阪のミナミで遊んでいると知ったときはほくそ笑んだ。が、そうあまくはなかった。前の二回はミナミのクラブとナイトクラブで遊び、神戸に帰ったとの報告を受けた。大阪に情を交わした女がいるのかどうかもわかっていない。

「親分」五郎が言う。「ホステスか従業員にカネを掴ませてはどうですか」

「あかん」そんなことはとっくに考えた。「カネで謳《うた》うやつは信用できん。そいつが佐伯に話せば元も子もなくなる」

「俺に行かせてください。神戸に帰る途中を狙います」

「佐伯の車は防弾ガラスや。車に乗れば家のガレージまで姿を見せん」

佐伯の気質はわかっている。大口を叩くが、根は小心者で、形勢を窺う嗅覚に長けている。その特技を発揮していまの座を得た。美山にそう教えられた。

新之助が口をひらく。

「裕也からは十五分ほど前に連絡がありました。矢島は事務所を出るとまっすぐマンションに帰ったそうです」

矢島組の本部は徳島にある。が、矢島は神戸に居ついている。三宮の雑居ビルに矢島組神戸支部の事務所を構え、葺合区上筒井通に愛人と住んでいる。

「昼間に岡山の水谷が矢島組の支部を訪ねました。もうひとり、車で乗りつけた男がいて……裕也は初めて見る顔だったと」

佐伯には孝太、矢島には裕也を張りつかせている。どちらも三人編成。全員に神侠会直参の顔写真を持たせてある。

「車のナンバーを控えたので、あした陸運局に行くそうです」

村上はソファにもたれた。

車の所有者を知るには警察を頼るほうが手っ取り早い。だが、中原に依頼すればこちらの動きを悟られる。もどかしい日々が続いている。

「さきほど、姐さんが覗かれました」

村上は顔をしかめた。事務所に出入りするなと、口を酸っぱくして言ってある。

「あすの朝、実家に帰られるそうです。ご母堂の体調がおもわしくないとか」

「わかった」

邪険に言い、五郎に声をかける。

「座布団、持ってこい」

五郎が隣室から三枚の座布団を運んできた。床にならべる。

村上は座布団に胡坐をかいた。

「お小遣いをいただけるので」

花札を繰りながら、五郎が言った。目尻がさがっている。

「うるさい。とっとと撤け」

時間つぶしに五郎と遊ぶコイコイと将棋は連戦連敗である。

★　★

雨上がりの路面に映るネオンが神経を刺激する。

赤提灯の店から男が出てきた。五十歳前後か。鼠色の作業服、首に薄汚れたタオルをかけている。女が近づく。花柄のワンピースに緑色のスカーフ。立ちん坊か。東梅田のお初天神通の路地裏には春を売る女たちがいる。女が男に腕を絡めた。短いやりとりのあと、男を引きずるようにしてラブホテルに消えた。身ぐるみ剝いでもたいしたカネにはならないだろう。

宮本はセダンの運転席に座り、毒々しい光景を眺めていた。かつて遊んだ街だ。歩いて十五分ほどのところに両親が経営する麻雀店がある。

前方から男が近づいてきた。谷口組の平山透。脇目もふらず助手席に乗る。

「さすが成金極道」

平山が嘲るように言った。前方を指さす。

「あの路地を入ったところに鉄筋五階建てのビルがある。まるごと成澤組の事務所。

要塞や。おまけに玄関には大阪府警のパトカーが停まってる」

「諦めたか」

「けっ。きょうは下見や」

「ほんまにやるんか」

「わからん。上が決めることや」

平山が投げやりに答えた。

けさ、自宅の電話が鳴った。平山からで、すぐに会いたいと言われた。谷口組の賭場が襲撃された数日後に電話で話して以来、声を聞いていなかった。宮本は応じた。美山からは終日、一神会の本部に詰めると聞いていたせいもある。

電話から一時間後、生田区海岸通の喫茶店で会った。自宅の近くだ。

平山はうかない顔をしていた。ウェートレスにコーヒーを頼み、顔を寄せる。

「大阪までつき合え」

「なにしに行く」

「車の中で話す。頼む」

平山が目でも懇願した。

「大阪のどこや」

「東梅田。じつは、暗殺隊に入れられた」

「誰が組んだ。谷口さんか」

「わからん。俺は稲田さんに呼ばれた。きのうのことや」

宮本は眉をひそめた。

直に言葉を交わしたことはないけれど、稲田のことは知っている。谷口の側近で、藤堂とは正反対の気質の持主と聞いている。

「東梅田て、成澤組か」

「ああ。おまえは大阪の土地にあかるい。ほんま、頼む」こんどは頭をさげた。

むげにはできない。平山の兄貴分の牧村には目をかけてもらった。

「牧村さんを攫うたのは成澤組か」

平山が力なく首をふる。

「なんで成澤組か、知らん。偵察してこいと言われただけや」

「理由を聞かなかったのか」

「ああ。こっちから訊くわけにもいかん」

不機嫌そうに言った。

不安なのか。訊くのはかわいそうだ。おびえているのは見て取れた。

「なあ」平山が言う。「おまえも参加しろ。そしたら俺も心強い」

「俺は忙しい。おまえの頼みやさかい、つき合うたんや」

「いまは何してる」

「美山の叔父貴のそばにおる」

平山が目をまるくした。

「えらい出世や。一神会の盃、もろたんか」

「ただのボディーガードや。親分が口を利いてくれた」経緯を話すつもりはない。

「用は済んだやろ。帰るで」

「待ってくれ。あと十分。九時に稲田さんに連絡せなあかん。それでおわりや」

宮本は煙草をくわえ、運転席のウインドーを降ろした。

路上の男と目が合った。角刈り頭にアロハシャツ。絵に描いた極道面だ。男が視線をふる。その先にもジャージ姿の男がいる。

宮本はハンドルを握った。ギアはニュートラルに入れてある。

ジャージの男が動き、セダンの前に立った。バンパーに片足をかける。

くそ。宮本は胸で毒づいた。挑発には乗れない。美山に迷惑がおよぶ。

アロハシャツの男が助手席に近づいてきた。腰をかがめる。

「ここで何してんねん」

「女を待ってますのや」

宮本は笑顔で言った。

「めざわりや。よそに移れ」

「じゃかましい」平山がわめいた。

あかん。宮本は目をつむった。平山はすぐカッとなる。失念していた。

「なんやて」

アロハシャツが眦をつりあげた。助手席のドアを引き開ける。

「われ、筋者かい」

「それがどうした」

言いおえる前に、平山が引きずりだされた。

「どこの者や」

「谷口組や」

聞いていられない。宮本は飛びだした。

ジャージの男が突進してくる。

とっさに、宮本は手をうしろにまわした。白鞘を差している。ドスをぬき、腰から斜め上に払った。男がひるむ。宮本はアロハシャツの男にむかった。

「なんや、われ。やる気か」

男もドスを構えた。

「透、乗れ」

言って、男との距離を詰めた。

アロハシャツの男がドスをふりかざす。

宮本は男の懐に飛び込んだ。

うめき、男が膝から崩れた。宮本のドスが太股を抉ったのだ。

足音が聞こえた。複数だ。路地角から飛びだしてきた。

宮本は車に乗った。ギアをローに入れ、思いっきりアクセルを踏む。タイヤが軋み、車体がゆれる。ジャージの男が宙を飛んだ。

まぶたの裏側に影を見た。

とっさに手が動く。敷布団の下に拳銃がある。

「ごめんなさい」

か細い声がした。

宮本は動きを止めた。

「よく眠っていたから」

若葉が言い、眉尻をさげた。

色白で、顔の輪郭がはっきりしている。ことしの秋に三十歳になる。

藤堂に射殺された高木春男の一人娘である。母は藤堂の姉だった。その母は若葉を産んで間もなく精神病院の一室で首を吊った。

藤堂の父は戦死、母は空襲で死んだ。

戦災孤児となった姉弟は、姉が身体を売ることで細々と暮らしていた。昭和二十一年正月三日から姉が家に帰らなくなった。藤堂は毎日、三宮の闇市を歩き回り、姉の姿をさがし求めた。闇市にならぶ食料を盗んで飢えをしのいだ。そんな折、谷口に声をかけられ、世話になったという。

二十余年の歳月が流れた。「おまえの姉を攫ったのは高木や」県警四課の中原がささやいた。当時の高木は神俠会の事務局長だった。戦後しばらく高木は女衒《ぜげん》を稼業にしていたという。藤堂は拳銃を手にした。

若葉も孤児になった。藤堂が服役中に、事情を知った藤堂の妻が若葉を説得し、一緒に暮らすようになった。出所後、藤堂は家に寄りつかなかった。

宮本はその理由を知らない。藤堂は生家の跡地に建てられたアパートを借りた。藤堂が二度目の殺人を犯したあと、宮本はそのアパートに移り住んだ。

宮本は座卓の目覚まし時計を見た。午前九時を過ぎている。

「いつ来た。仕事は」

「きょうは遅番なの」

若葉は元町のデパートに勤めている。

「修さんは」

出会ったころから若葉のもの言いは変わらない。そういう躾を受けたのか、他人を気にしながら生きてきたのか。

宮本にはわからない。それでいいとも思うし、じれったくなることもある。

初めて抱いたときも、布団のそばで正座していた。三か月前のひどく底冷えのする朝だった。あのころ、若葉は毎日のようにアパートに来て、藤堂の身を案じていた。抱いたあと、若葉は週に一、二度、泊まるようになった。

「十一時にでかける」

「お仕事、始めたの」

「堅気にはならん。わかってるやろ」

「でも、藤堂のおじさんは」

言葉を切り、若葉が細い眉をひそめた。

「親分は関係ない。俺の意思や」

「これからどうするの」

「………」

美山のそばにいることは話していない。親は藤堂。その一念は変わらない。

「おじさんに話したい」

消え入りそうな声だった。

宮本は腕を伸ばした。若葉の手首を摑み、引き寄せる。細い身体が崩れた。ブラウスを剝ぎ取る。紺色のフレアスカートも脱がした。

若葉は身をまかせ、だが、宮本の目をじっと見ていた。それに耐え切れず、宮本は目を閉じた。やがて、糸を引くような声が洩れ、細身がしなった。

宮本は身体を離した。手枕をし、煙草をくわえる。

若葉が半身をよじった。乳房に細い静脈が走っている。

「ねえ」

「なんや」

「どうして、抱いたあとで哀しい顔をするの」

「………」

煙草を消し、若葉の黒髪を指で梳いた。

勾配のきつい坂をのぼっている。タクシーを使えばよかった。思い、老舗旅館の前で足を止めた。ふりむいた先、まっすぐな坂が港まで延びている。海がきらめき、水平線の彼方に真っ白な雲が帯状にひろがっていた。

しばし眺め、宮本は呼吸を整えた。

あと二百メートルほどか。ゆるやかなカーブを曲がった先に美山の家がある。何度か車で送った。門扉の前に立ったときはまた息があがっていた。

敷地は五十坪ほどか。一階部分はガレージ。シャッターが下りていた。三台は納まりそうだ。右端の門扉は空いている。

宮本はせまい石段をあがった。玄関のチャイムを鳴らす。

すぐにドアが開いた。

「いらっしゃい」

女が言った。白地に青い花柄のワンピース。ベージュのエプロンをかけている。化粧していなくてもわかった。美山の妻の優子だ。

顔を見るのは去年の秋以来である。

優子は生田区花隈町で割烹店を営んでいる。

一時期、刑期をおえた藤堂がその店の二階に居候していた。海岸通のアパートを借りる前のことだ。そのあいだ、宮本は路上に車を停め、二階の窓灯が消えるまで警護した。殺された高木の身内が藤堂を狙っているとのうわさを耳にしていた。

優子は毎晩、店仕舞いする時刻になると車まで夜食を運んでくれたのだった。

宮本は笑みをうかべた。

「その節はお世話になりました」

「なに言ってるの」優子が目を細める。「お店に入ってくれたら、もっといろんなものを食べさせてあげられたのに」

「めっそうもない」

宮本は顔の前で手のひらをふった。

「さっさとあがらんかい」

家の中から声がし、優子が肩をすぼめた。

美山はダイニングテーブルに着き、朝刊をひろげていた。赤いポロシャツにカーキ色のコットンパンツ。ラフな身なりは初めて見た。

「お邪魔します」

宮本は頭をさげ、美山の正面に腰をおろした。

美山はものを言わない。宮本は視線をふった。左手に応接室がある。

「若衆はいないのですか」

「ここに身内は入れん」

キッチンに立つ優子がふりむいた。

それに気づいた美山が言葉をたした。

「ひとり、おる。ギイチは知ってるな」

「はい。一度だけ」

「あのときか」

「そうです」

藤堂が青田一成を襲撃したさい、建物内に侵入して非常階段の扉を開けた。そのままそとに追いやられた。藤堂に同行する村上を妬ましく思った。

メザシを炙る匂いがする。コンロの小鍋に湯気が立っている。ほどなくテーブルに形の異なる器がならんだ。だし巻き玉子、大根おろし、お新香、どれもひとつの器にある。

「直箸《じかばし》でかまわん」

美山が面倒そうに言った。

メザシが来た。まるまると太ったメザシは脂がにじんでいた。

「ガキのころはメザシだけ」美山が言う。「痩せたメザシや」

「…………」

返す言葉が見つからなかった。

優子が味噌汁を運んで来て、ご飯をよそった。

「さあ、食べて」

そとに出た。乾いた風が快い。

かたわらに優子がいる。

「ごちそうさまでした」

「また、来てね」優子がガレージを見る。「根はさみしがり屋なの」

音がして、ガレージのシャッターがあがる。濃紺色のＢＭＷがあらわれた。ホンダＮ３６０も見えた。

宮本は赤いクーペを指さした。

「あれも叔父貴が乗るのですか」

「わたしのよ」

優子の髪が風になびいた。

ＢＭＷが路上に出る。美山はダークグレーのスーツに着替えていた。

宮本は運転席のほうにまわった。

「替わります」

「いらん」

そっけなく返された。

優子が肩をすぼめる。たのしくて仕方ないような仕種だった。

ＢＭＷが滑るように坂をくだる。ぐんぐん海が近づくように感じた。

「眺めのいい家ですね」

「優子の城よ。俺は長屋でもかまわん」

首が傾いた。

意味がわからなかった。美山の個人的なことは何も知らない。美山は話さないし、藤堂から聞いた憶えもない。

美山は家に若衆を入れないと言った。なぜ自分を家に呼んだのか。訊いてみたくなったが、我慢した。ほかに話すことがある。昨夜の件を引きずっている。

「きのうはお迎えに行かず、すみませんでした」

「おまえは身内やない」

取り付く島もない。ひるみそうになる。

「しばらく離れようと思います」

「ん」美山が顔をむける。「なにがあった」

「成澤組と思われる男を刺しました」

ひと息つき、宮本は東梅田での顚末を話した。

美山は口をはさまなかった。まるで音楽を聴くかのように、平然とした顔をしてハンドルを操っていた。ＢＭＷは新神戸駅の前を過ぎた。

「なんで離れる」

「ご面倒をかけるかもしれません」

「極道に面倒はつきものや。逃げたいのなら止めんが」

「………」

宮本は口を結んだ。そんなまねはしない。むきになれば失笑を買う。

「相棒はどうした。稲田に報告したのか」

「わかりません」

平山は気が動転していた。稲田への報告をためらっていた。宮本はポケットの五万円を渡して平山と別れたのだった。

「しばらく神戸を離れるよう言ったのですが、そのあと連絡がありません」

「車は誰のや」

「稲田さんが用意したそうです」

「不幸中の幸いや。藤堂の愛車なら面倒になった」

そういうことか。宮本はそっと息をついた。

藤堂が乗っていたサンダーバードは宮本が預かった。「おまえの名義に換えろ」神戸拘置所の面会室で藤堂に言われたが、そのままにしている。換える気はない。藤堂が乗り回していたKAWASAKI650-WIも同様である。

「どうする。そばにおるか、ふけるか」

「不都合が生じれば捨ててください」

「不都合を好都合に変えるのが極道や」

美山がハンドルを切る。

ＢＭＷが加納町交差点を右折する。下山手通に入った。北長狭通にある一神会の本部に行くのか、長田区の美山組事務所へむかうのか。

★　★

美山組事務所は長田区の東のはずれにある。生家のある長田区番町にも兵庫区の新開地にも近い。どちらにも島がある。鉄筋三階建て。一階は事務所と若衆らの部屋、二階が応接室と美山の私室、三階の和室は会議と賭場に使っている。

宮本を事務所に残し、美山は二階にあがった。

中原がいた。箸を動かしている。くちゃくちゃ音がする。

「うちは食堂か」

言って、美山はソファに腰をおろした。若衆を退室させ、煙草を喫いつける。食事の邪魔はしない。中原は食い意地が張っている。

「不機嫌そうやのう」中原が言う。「嫁と喧嘩したのか」

「あんたと一緒くたにするな」

「うちは家庭内別居や。おまえらのせいで。面倒ばかりおこして、家にいるひまがない。きょうもおまえの電話で朝飯を食いそこねた」

けさ、美山は中原の自宅に電話をかけた。あれもこれも気をもんでいる。中原がおくびを放ち、楊枝をくわえる。親子丼も天ぷら蕎麦もたいらげた。

「満腹になったら吐きだせ。ただ食いは心苦しいやろ」

「急かせるな」

中原が立ちあがり、ドアを開く。「コーヒー、二つ」大声で言った。

あきれてものが言えない。中原は若衆を自分の部下のようにこき使う。

ソファに戻って太い首をまわした。

「絶縁状の件は佐伯が言いだし、五十嵐も同意した。佐伯はあちこちで吹聴しているそうだ。五十嵐に確認しなかったのか」

「するか」

美山はぞんざいに言った。

「どうする。記者会見を開いて、正当性を訴えるか」

「あほらし。むこうのやることに一々反応せん。喧嘩は買うが」

「心意気は買うたる。けど、一神会のほかの連中はどうや。枝は離れ、幹部の中にも神俠会に色目を使うやつがおるそうやないか」

「そんなやつはくれてやる」

「そうもいかんやろ。若頭の器量が問われる。組織を束ねる責任がある」

「あんた、いつから一神会の相談役になった」

「老婆心よ。御為倒《おためごか》しかな。面倒になれば仕事が増える」

「自分で言うな」

若衆がコーヒーを運んできた。来客用は近くの喫茶店に注文する。

中原が角砂糖二つとフレッシュをおとし、スプーンでかき混ぜる。美味そうに飲んで息をつき、美山に視線をむけた。

「谷口の件は信憑性に疑問ありや。うわさの出処が気に入らん」

「どこや」

「大阪府警らしい」

「つまり、成澤組か」

「おそらく。成澤は大阪府警の幹部と仲がいいと聞いた。酒池肉林の接待漬け。成澤が持っているカネは神俠会の古参連中と一桁も二桁も違うそうな」

「そんな話に興味はない」

「俺はある。成澤が府警を手なずけようと関係ない。うちもおなじや。俺も先輩方もおまえらにおいしい思いをさせてもらった。けど、むこうの思惑で情報を流し、県警の島をかき回すのは看過できん」

美山は目をぱちくりさせた。

中原が感情を露にするのはめずらしい。だが、気持はわかる。

大阪府警と兵庫県警は水と油、犬猿の仲である。大阪の極道者が神戸で事件をおこしても、大阪府警は兵庫県警の捜査に協力しなかった。逆もおなじで、それがために大阪府警は神俠会本家に家宅捜索を行使できなかった時期がある。神俠会と大阪の暴力団の抗争では府警と県警の間で激しい悶着が生じたという。

「谷口さんの居場所はわかったか」

「自宅にこもっているという話や。谷口組の連中は腐った貝になったらしい。引退の話には裏があると思わんか」

美山は頷いた。端からそう思っている。

東門の『薔薇』で中原から話を聞いたあと、何度も谷口の自宅と事務所に電話をかけた。《留守にしています》家人はそう言い、事務所の若衆は《あいにくでかけております》と答えた。連絡するよう伝えたが、未だに無視されている。

ドアが開き、若衆が顔を覗かせた。

「幸田の叔父貴から電話です」

「こっちにまわせ」

美山は受話器を取った。

「どうした」

《新開地の解体工事の件ですが、入札で決めるそうです》

「なんやと」

《西村課長と一緒です。代わりますか》

「連れてこい。有無を言わすな」

美山は受話器を叩きつけた。

「消えたほうがよさそうや」

中原が腰をあげた。ドアの前でふりむく。「誰や」

「市役所が寝返った」

美山組は神戸市の都市総合開発事業に絡んでいる。中原も承知だ。

「事務局長の鈴井やな。県議や市議にお友だちがおる」

「くそったれ」

美山は毒づいた。

三十分と経たないうちに幸田がやって来た。市役所の都市整備局の西村課長が一緒だった。西村の顔は青ざめ、小柄な身体は縮こまっていた。幸田に肩を小突かれ、西村が崩れるようにしてソファに座った。

「そこやない。床に座れ」

西村が言われたとおりにする。正座になった。

美山はソファを離れ、テーブルに腰かけた。

「返答しだいでは生きて帰れると思うな」

「………」

声はなく、西村が上目遣いに見る。

美山は拳をふりおろした。西村のこめかみを直撃する。身体がゆれた。美山は頭髪を摑んだ。寝るのは早い。上をむかせる。

「なんの冗談や」

「仕方が、なかったのです」

消え入りそうな声だった。

「誰に威された」

「脇本局長の指示です」

「そんなわけはないやろ。脇本は俺のカネを受け取った。何人も女を抱いた。今回の件では新車もねだったんやぞ」

都市総合開発事業を統括しているのは都市整備局の脇本局長である。十数年前は港湾局に在籍していた。そのころからのつき合いだ。今回の事業では新開地の立ち退き交渉を美山組が仕切った。九月から始まる新開地の解体工事は美山組と関係の深い明港土建が請け負う約束を取り付けた。覚書もある。

「そうおっしゃられても……」

「どあほ。おどれも美山組のカネを食うてるんや。おどれの不始末のために身体を張った若衆もおる。恩を仇で返すんか」

「めっそうもない」

西村がぶるぶると顔をふる。声もふるえた。

「局長には意見を言いました。しかし、どうしようもないと」

美山は上着の襟を取った。「どういうことや」

「堪忍してください」

「ほな、死ね」

西村が目の玉をひん剝く。「言います。正直に話します」声がかすれた。

美山は手をはなした。

「理由は」

「先週の土曜、衆議院の石山先生に呼びだされたそうです。市議の二人が同席し、開発事業は入札で業者を決めるよう要望があったと聞きました」

「神戸は神俠会と一神会の戦場になる。世論はそれを許さない。行政が暴力団との腐れ縁を断ち切る絶好の機会だと……そう言われたそうです」

「事業のすべてを入札にするんか」

「それが……とりあえず、新開地とその周辺の工事に関して入札にすると」

西村がうなだれた。

「兄貴」幸田が声を張った。「脇本を引っ張ってきます」

「うろたえるな」一喝し、西村に訊く。「入札は決定か」

「来週月曜の会議で決まると思います」

美山は頷いた。

ひと安心だ。きょうは四月二十一日の木曜。まだ四日ある。

「脇本のスケジュールを調べろ」

「いつの日の予定ですか」

「日曜までの予定を、こと細かく報告しろ」

「役所に戻ればなんとかなります」

頷き、幸田に声をかける。

「ここで待機や。夕方までにこいつから連絡がなかったら、裏山に運べ」

裏山は六甲山をさす。六甲山は裏社会で不始末をしでかした者の墓場だ。不義理、裏切り、カネの不始末。何百もの死体が埋まっている。


宮本の運転で西宮へむかった。

市役所の西村を帰した直後に、一神会最高顧問の谷口から電話が入った。

――いますぐ会いたい。折り入って頼みがある――

弱々しい声だった。

宮本が路肩に車を停めた。地図を見る。「この辺ですね」

美山はウインドーを降ろした。

なんとなく見覚えがある。ずいぶん昔の記憶だ。

妻になる前の優子にせがまれ、夙川《しゅくがわ》の河川敷を散歩した。三分咲きだったか。桜の花の下で優子はしあわせそうな顔をしていた。

美山が松原組から神俠会本家へ盃を直して間もないころだった。

異例の若さで本家直参になっても、胸中は晴れなかった。松原の親心だと理解していても、素直によろこべなかった。松原は自分よりも友定を後継者に選んだ。その思いを払拭できなかった。

そんな折、優子に誘われた。当時の優子は母が経営する割烹店を手伝っていた。

車が動きだした。川沿いの道を右折し、白い建物の前で停めた。

「ここです」

言って、宮本がそとに出る。周囲を見渡した。

「こんなところに隠れていたのですか」

病室に入るなり、美山は言った。

谷口は赤いガウンを着て、ヘッドボードにもたれていた。

「そんな言い方はないやろ」拗ねたように言う。「病人なんよ。血圧がはねあがってな……死ぬかと思うた」

「それにしても夙川の病院とは」

「知り合いが紹介してくれた」

美山は首をすくめた。

神戸を離れたかったのですか。言いそうになった。

病院の中でも周囲でも谷口の身内らしい者を見かけなかった。宮本によれば、駐車場に見覚えのある車はなかったという。身内にも教えていないのか。

美山は煙草を喫いつけた。サイドテーブルの灰皿に吸殻がある。

谷口は口をつぐんでいる。目が泳ぎ、なにか言いたそうな顔をしていた。

二度三度と煙草をふかしてから谷口を見つめる。

「頼みとは何です」

「それよ」

谷口がヘッドボードから離れ、胡坐をかいた。

「じつは、北陸で成澤に襲われた」

「…………」

言葉を失った。

谷口組の解散の話がでるものと思っていた。それへの対応策は幾つか頭に描いていた。のっけからそれらが吹っ飛んだ。

「旅館の離れで、寝入り端を襲われた」

「身内はいなかったのですか」

「役立たずどもが。本館で高鼾《たかいびき》や」

「お怪我は」

谷口の鼻の脇に紫色の痣《あざ》がある。治りかけのようだ。

「抵抗したのだが……三人はむりやった」

「成澤が出張ったのですか」

「ああ。極道の風下にも置けん。クズや。叔父貴の俺に拳銃をむけよった」

「寝ぼけているのですか。いまは敵でしょうが」

谷口がうらめしそうな目をした。

煙草を消し、美山は顔を近づけた。息のかかる距離だ。

「解散しろと言われたのですか」

「…………」

谷口が顎を引いた。眉が八の字を描く。ややあって腕を伸ばした。サイドテーブルの抽斗を開け、二通の封筒を取りだした。

美山は目を疑った。罫紙には〈詫び状〉〈解散届〉とある。

「こんなものを書いたのですか」声がとがった。

「書かされたんや」

あきれ果てた。威張って言うことか。怒鳴りたくなる。

「それを今月末までに届けるよう言われた」

「無視してください」

「それで通るんか。それとおなじものを成澤も持ってるんやぞ。若頭なら何とかしてくれ。俺の恥は一神会の恥。そうやろ」

拳が固まった。必死に堪える。対抗策が先だ。

「理事長には話したのですか」

「してない。大村の兄貴も知らん。おまえだけが頼りや」

「それなら、兵庫県警に解散届をだしてください」

谷口が目を白黒させた。「俺を、引退させるんか」

美山は、罫紙を谷口の胸元に突きつけた。

「どういう事情であれ、この事実は重い」

「功労者の俺を見殺しにするんか」

「あなたと一神会の面子を護るためです。それとも、命と引き換えに書いたとわめくのですか。それでもかまわないが、そうなればあなたを除籍する。敵に命乞いをした者を処分しなかったら、身内に示しがつかない」

「そんな」声がふるえた。「おまえの一存で決めることやない」

「俺は一神会の若頭です。その俺を頼ったのでしょう」

谷口が顔をゆがめた。

「おまえを頼った俺がばかだった。藤堂とはえらい違いや。あいつなら、いまごろ成澤の息の根を止めている」

「あいつが娑婆におるようなら、神俠会は分裂しなかった」

「なんやて。おまえは藤堂を非難するんか。なにが三羽烏や。おまえと五十嵐に藤堂の爪の垢を煎じて飲ませたいわ」

谷口が口角泡を飛ばした。

美山は頭をふった。

藤堂は忠犬でもあり、狂犬でもあった。極道になるべくして生まれてきたような男だった。が、仕えた親は質が悪すぎた。

　あのとき、藤堂があらわれなければ神侠会の分裂はなかった。威し半分で青田一成を説得し、和解への道筋をつけたところに藤堂が乱入したのだった。

　忸怩たる思いはある。けれども藤堂を怨んではいない。美山も五十嵐も藤堂も神侠会が一枚岩であり続けるのを願っていた。極道者としての生きる道はおなじだった。ただ、三人の立ち位置が異なっていた。

「もうおまえには頼らん。成澤の命、俺が獲る」

「どうぞお好きに。その前に、いまここで離脱届を書いてください」

「…………」

　谷口があんぐりとした。

「一神会は与《あずか》り知らんことです。筋の通らん喧嘩はできません」

　それでなくとも谷口は一神会本部の了承もなく暗殺隊を組んだ。しかし、それを問い質すことはしない。宮本に災いがおよぶ。それ以前に、谷口の腰巾着の稲田が本気で成澤の命を狙うとは思っていない。

「この話、本部に持ち帰ります」

　言って、美山は腰をあげた。

谷口が美山の手首を摑んだ。「助けてくれ」声がひきつった。

「解散届をだしますか」

美山は腰をかがめ、鼻面を合わせた。

「それなら命は保障する。引退しても、あなたの身体は俺が護る」

本音だ。藤堂のためにそうする。あとの言葉は目で告げた。

谷口がこくりと頷く。

「こっちはなしです」

美山は〈詫び状〉と書かれた罫紙を破った。

「土曜か日曜に来ます。それまで、このことは誰にも話さんでください」

美山はきびすを返した。


病院を出た。車に乗り、運転席の宮本に話しかける。

「変わりはなかったか」

「はい。谷口組の者は見かけませんでした」

「頼みがある」

「なんでしょう」

「病院を見張ってくれ。うちの若衆を使えば人目につく」

「わかりました。バイクを取りに帰ってもいいですか」

「ああ。これからおまえの家に行け」

宮本が車を路上にだした。スピードをあげる。

「病院の待合室にピンク電話がある。出入口にも電話ボックスがあった。動きがあれば電話しろ。それと、しんどいようなら言え。代わりを送る」

「その心配は無用です。谷口さんが出てきたらどうしますか」

「一発かまして、俺の事務所に運べ。できるか」

「はい」

ためらいなく答えた。

やはり、いい目をしている。


翌朝、美山は六甲山へむかった。

三台の車を連ねている。真ん中は市役所の公用車だ。都市整備局の脇本局長が乗っている。公用車の運転手はトランクに閉じ込めた。

谷口に会い、状況が変わった。脇本に会う機会を窺う余裕などなくなった。「毎朝八時に公用車が迎えに行きます」西村課長に聞いて即断した。公用車が脇本の自宅を離れたところで襲撃し、車ごと攫ったのだった。

黒のセドリックが坂路をのぼる。右は崖、左には樹木が生い茂っている。何度も通った。もうすこし進めば、五十嵐や藤堂と遊んだ『大神戸ゴルフ倶楽部』がある。その先には有馬温泉。ゴルフのあと、五十嵐らと赤湯に浸かった。稼業でも六甲山にのぼった。闇夜に銃声を轟かせたこともある。

前の二台が脇道に入った。しばらく走ると車がゆれだした。深い轍《わだち》がある。トラックやダンプカーの跡だ。車体の幅が異なるので普通車は運転がむずかしい。

木立のトンネルをくぐると視界がひろくなった。採石場だ。さいわい、人影は見えなかった。きょうは作業をしていないようだ。さらに進む。道幅がせまくなる。もう大型車両は通れない。木の枝が車を擦る。いやな音がした。

ちいさな原っぱに着いた。

公用車から脇本が転がり出た。若衆が両脇をかかえ、大木に括りつける。

幸田が脇本の股間を蹴りあげ、こめかみに銃口を突きつけた。

美山は脇本の顎を摑んだ。

「よう寝返ってくれたのう」

「違う」

脇本が首をふる。頭がもげおちそうだ。

「仕方がなかったんだ」

「俺との約束よりも死を選んだわけか」

脇本が目を見開いた。くちびるが動く。が、声にならない。

「誰や。石山を動かしたやつの名前を言え」

石山は二世議員だ。親の代から神俠会とつながっている。

「知らない。ほんとう……」

「ほざくな」

怒声を発し、美山は幸田の拳銃を奪い取った。銃声がこだまする。悲鳴をあげる脇本の数十センチ上で樹皮が弾け飛んだ。

アンモニアの臭いがする。脇本のズボンに染みがひろがった。

美山は眉間に銃口をあてた。

「どこが落札する」

からくりは読み切った。入札云々《うんぬん》は建前で、落札者も落札額も決まっている。過去に美山もおなじ絵図を描いたことがある。

「真壁建設」脇本がうなだれる。

美山は顔をゆがめた。

真壁建設は西本興産の関連会社だ。神俠会事務局長の鈴井の親戚が経営している。五十嵐の指示か、鈴井の独断か。疑念をふり払う。

「真壁建設と覚書を交わしたか」

「まだ……入札制でやることを決定したあとで取り交わす約束だった」

「おまえは運が強い。俺との覚書は生きてるわけや。けど、俺を裏切り、こけにしたけじめは取ってもらう」

美山は銃口を股間にむけた。

「待ってくれ」声が裏返った。「美山さんを裏切るつもりはなかった。一度はことわった。だが、その翌日、家に猫の屍骸を投げ込まれた。買い物先で嫁が見知らぬ男に声をかけられた。猫になりたいかと」

「カネを受け取ったか」

脇本が首をふる。

「俺は筋をとおした。面倒も見た。むこうは威しや。おまえはどっちにつく」

「美山さん、あなただ」

「よし。これから役所に行き、明港土建と随意契約を結べ」

入札で絵図を描く手もある。それなら鈴井を欺きやすい。が、裏目にでることもある。後々の煩わしさはあっても、確実な方法を選んだ。

脇本の目がおびえている。まだ頭はまわるようだ。

「おまえと家族は護ってやる」

「ほんとうですか」

「信じられんのなら、ここで死ね」

「わかった。美山さんの言うとおりにします」

声が強くなった。

美山は幸田に声をかけた。

「契約が済むまで局長をガードしろ」

脇本の言葉を鵜呑みにしたわけではない。裏切り者は信用できない。二度目の裏切り行為は取り返しがつかないはめになる。

第二章　絶縁

午前七時、自宅を出て、生田区花隈町の西本組事務所にむかった。

花隈町は戦後の神戸港の繁栄と共に賑わった花街である。先代の西本組長はこの街の風情を好み、神侠会の直参になったときここに事務所を構えた。バラック二階建ての貧相な建物だった。現在は敷地が三倍に増え、四階建てのビルになっている。一階が『西本興産』のオフィス。二階に西本組本部事務所と応接室、三階は組長の私室と会議室で、四階は部屋住みの若衆らが寝起きしている。

「おはようございます」

「ご苦労さまです」

若衆らが声を発した。

五十嵐健司は無言で応接室に入った。

ソファに座り、腕を組む。テーブルの新聞を睨みつけた。

〈一神会の最高幹部が引退、解散を表明〉

四月二十五日付『神戸日報』の一面におおきな見出しが躍っている。

「鈴井の叔父貴がお越しです」

若衆の声のあとドアが開いた。鈴井のスーツの襟の片方が立っている。ネクタイは結んでいない。猪のように進み、五十嵐の正面に腰をおろした。

「俺に電話がかかってきても、不在と答えろ。成澤が来たら通せ」

「承知しました」

若衆が立ち去る。

「兄弟も呼んだのですか」鈴井が訊く。

「ああ。会議の前に話の辻褄を合わせておく」

自宅で朝刊を見てすぐ会長代行の佐伯に電話をかけた。執行部の面々とその下の幹部を招集し、午前十一時から神俠会本家で会議を開くことを決めた。

「おまえを先に呼んだのは別件や」

五十嵐はゆっくり首をまわした。

鈴井が上着を脱ぐ。しかつめ顔になった。

「市役所の脇本局長を知っているか」

「はい。どこからその名前を」

「脇本の自宅に銃弾が撃ち込まれた。午前四時ごろのことや」

「ほんとうですか」

鈴井が目をまるくした。

「四課の刑事から電話があった。知らなかったのか」

「ええ。で、脇本は」

「家の者は無事らしい。玄関に二発、ガラス割りや」

「どうして若頭に連絡があったのですか」

五十嵐はまた首をまわした。

県警四課の中原からの電話で目が覚めた。午前五時半のことだ。

――市役所の幹部が狙われた。市の事業が絡んでいるようやが、西本興産はもめ事をかかえているのか――

おちつき払った声だった。

短いやりとりで通話を切り、新聞を読んだ。一面の見出しを見ておどろいた。疑念もめばえた。中原は谷口組の件をひと言も口にしなかった。知らなかったとは思えない。新聞を見なくても、県警本部詰めの記者から情報が入るはずだ。裏がある。そう感じた。佐伯に電話をかけたあと、鈴井を呼びつけたのだった。

「おなじ時刻、明港土建でも発砲騒ぎがあった」

「ええっ」

「心あたりがありそうやな」

「待ってください」あわてて言う。「事情を説明する前に、お訊ねします。明港土建をご存じなのですか」

「ああ。美山の息がかかっている。美山組が市の都市開発事業に絡んでいるのも承知や。なにがあったか、説明せえ」

「西本興産も市の事業に参加します。美山組の米櫃をつぶすのが狙いです。で、美山と腐れ縁の脇本局長に接触しました」

「威したのか」

「合法的な手段です。衆議院の石山先生にお願いしました。先日話した一千万円はその謝礼です。脇本は明港土建と随意契約を結ぶ旨の覚書を交わしていました。それを破棄し、表向きは入札の形を取り、真壁建設が落札する段取りになりました」

「妙な話やのう」

「………」

鈴井がきょとんとした。

「約束を反故にされた美山が脇本に報復した」鈴井が頷くのを見て続ける。「ほな、明港土建に銃弾を飛ばしたのは誰や」

鈴井が首をかしげた。

どあほ。怒鳴りたくなる。五十嵐はおおきく息をついた。

「確認させてください」

鈴井が言い、テーブルの電話機を引き寄せた。

「真壁か。鈴井や……脇本局長の家に銃弾が撃ち込まれた……そうや。知らんかったのか……片っ端から電話して事情をさぐれ」

通話を切り、またダイヤルを回す。

「朝早くにすみません。先生はおられますか……そうですか。市役所の脇本局長が襲われたと聞いて電話しました……自分もたったいま聞いたところでして……ありがとうございます。もうしばらく西本組の事務所にいます」

受話器を戻し、鈴井が顔をむけた。

「石山先生の秘書も知りませんでした。関係者から情報を集めて、わかり次第連絡をくれるそうです」

「犯人はわかっとる」

五十嵐はつっけんどんに言った。鈴井の話を聞いて、推測は確信に変わった。

鈴井が目をしばたたく。「誰ですか」

「美山や」

「はあ」

「おそらく、入札の件は消えた」

「そんな」

鈴井が口をとがらせる。

なにか言いかけたが、手のひらで制した。

「美山を舐めたらあかん。美山は入札の件を知り、すぐに動いた。脇本を威し、明港土建との覚書の履行を迫った。そうとしか考えられん」

「それならどうして明港土建に銃弾を」

「捜査の攪乱よ。おまえの目を欺くためかもしれん」

これ以上の説明は疲れる。美山のことだ。万全の手を打ったあと銃弾を飛ばした。

中原を使い、こちらの動きを封じようとした。

電話機が鳴る。鈴井が手を伸ばした。

「……鈴井です。ご苦労様です……ほんとうですか……石山先生にご迷惑はおかけしません。信じてください」

鈴井がうらめしそうに受話器を見た。通話を切られたのだ。

「若頭の読み通りです。きのう、市は明港土建と随意契約を結んだそうです。市の幹部の話なので間違いないとも。脇本とは連絡が取れないようです」

「負けや。諦めろ」

「そうはいきません」鈴井が目くじらを立てる。「こけにされたのです。石山先生の秘書を怒らせ、成澤の兄弟の顔をつぶしました」

「どうする気や」

「脇本を攫い、状況をひっくり返します」

「頭を冷やせ。おまえが動けば、たちまち手が後ろにまわる。俺に電話をよこした刑事は美山と仲良しや」

「では、もう一度、石山先生に頭をさげます」

五十嵐は顔をしかめた。分別のつかない小僧と話している気分になった。

「それこそ火に油を注ぐようなもんや。四課の連中は政治家の介入を嫌う。ついでに教えてやるが、県警は成澤組を目の敵にしている」

鈴井が肩をおとした。意味はわかったようだ。

五十嵐は畳みかけた。

「おとなしくしてろ」

鈴井が口元をゆがめる。目が鈍く光った。

「若頭は美山に遠慮しているのですか」

「するか。代紋に疵をつけられたら、美山でも容赦せん。けど、今回の件はおまえから仕掛けた喧嘩や。おまえの意地や面子で神俠会を窮地に立たせるわけにはいかん。相手は美山ひとりやない。四課も敵に回すはめになる」

ふくめるように言い、五十嵐は腕の時計を見た。八時半を過ぎている。そろそろ成澤があらわれるころだ。

「いまの話、成澤にはするな」

「俺が口をつぐんでも、直に知れると思います。石山先生以外の国会議員や県会議員は成澤の兄弟の紹介です」

「ほな、成澤のほうから話があれば、俺に教えろ。谷口の件だけでも頭が痛いのに、これ以上あいつに面倒をおこされたら収拾がつかんようになる」

「……………」

鈴井が口をもぐもぐさせる。

五十嵐は内線電話でコーヒーを頼み、ソファにもたれた。鈴井が胸に不満をかかえたのは見て取れた。それをどうこう言うつもりはない。

コーヒーを飲み、煙草をふかしているうちに成澤がやってきた。

「おう、兄弟もおったんか」

鈴井に声をかけ、成澤が鈴井のとなりに座った。

「若頭、谷口が県警に解散届をだした。けさの六時のことや」

「本人が出張ったのか」

「谷口組の顧問弁護士や。谷口は持病の糖尿病が悪化し、極道稼業を続ける自信がなくなったと。入院中やが、病院名は伏せた」

「見たように言うのう。おまえが県警に伝を持っているとは知らなかった」

「そらどういう意味や」

「訊くまでもないやろ」

「ふん」成澤が鼻を鳴らした。「若頭からの電話のあと、うちの弁護士を動かした。極道を飯のタネにする弁護士は神俠会も一神会もない。連中は横でつながり、情報を共有している。コバンザメみたいな連中よ」

身も蓋もないもの言いだった。

午前六時はまだ自宅にいた。中原から続報がなかったのはどういうわけか。五時半の電話でも中原は新聞記事を話題にしなかった。

「若頭は知らんかったのか」

「ああ。ここに来たあと、居留守を使うてる」

「それがええ。直に詫び状も届くやろ」

「どうかな」さらりと言う。「むこうの動きが速すぎる。谷口にしては往生際がよすぎる。死ぬまで親分でいたい男や」

「追い詰められたのよ」

成澤がにやりとした。

「どういうことや」

「うちの若い者が谷口組のガキに刺された。先週のことや」

「谷口組で間違いないのか」

「ああ。二人連れの片割れが谷口組とほざいた。車のナンバーで持主もわかった。谷口組の稲田の舎弟の車や。ほざいたのは平山透。稲田も平山も元は藤堂の身内や。うちの若い者を刺したやつもおなじやろ」

「いつわかった」

「きのうの昼よ。府警から連絡があった」

「事件にしたのか」

「まさか。使えるネタを警察にくれてやることもない」

五十嵐は眉をひそめた。うかんだことが声になる。

「動いたのか」

「とりあえず稲田の自宅には電話を入れた。稲田は留守やった。電話にでた嫁に連絡をくれるよう言うたが、まだ連絡がない。稲田から話を聞いて、谷口はまた命を狙われると観念したんやろ」

「それはない」

五十嵐はきっぱりと言った。

「若頭」成澤が顔を近づける。「わかったようなもの言いやが、どういうことや。俺にはとんとわからん。兄弟はどうや」

訊かれ、鈴井が首をかしげた。返答にこまったのだ。

「さっきも言うたように、谷口にしては諦めが早すぎる。稲田が正直に報告するとは思えん。が、それを聞いたとしても谷口なら逃げ口上を考える」

「ほな、どう読む。教えてくれ」

成澤は不満の色を隠そうともしない。

「谷口が一神会の誰かに相談し、その誰かが谷口の首に鈴をつけた。まともな考えの持主なら誰でもそうする。敵に拳銃《チャカ》を突きつけられて詫び状や解散届を書かされたやつを庇えば下の者に示しがつかん。若衆の信頼をそこね、組織の士気がさがる。ましてや報復などもってのほか。恥の上塗りや」

「誰や。鈴をつけたんは」

「むこうには三人しかおらん」

理事長の松原、副理事長で谷口の兄貴分の大村、若頭の美山である。

「美山ですね」鈴井が口をはさんだ。「さっきの話でも……」

言葉を切り、うなだれた。五十嵐の視線を感じたのだ。

すかさず成澤が鈴井に訊く。「なんの話や」

「別件や」

五十嵐はさえぎった。成澤を見据える。

「俺も美山やと思う。組織のダメージを最小限に抑えるため谷口に因果をふくめた。つぎの一手も想像がつく。詫び状は無視する。あるいは、逆手に取る」

「どう取る」

「おまえが谷口を襲ったと、うわさを流すかもしれん」

「神侠会の結束を乱すためですね」鈴井が言う。「そこまでやりますか」

「やる。組織を護るためなら何でもやる。そういう男よ」

「さすが、兄弟分」成澤が目で笑った。「美山のことはお見通しや」

「われ、文《あや》つけとんかい」

どすを利かせた。嘲るようなもの言いが神経にふれた。

五十嵐は美山と兄弟盃を交わしている。美山が本家直参になったとき西本が仲を取り持った。五十嵐を風下に置かないという親心であった。

「そうやない。俺はいつも、若頭の洞察力に感心してる」成澤が取って付けたように言う。「けど、若頭の読みがまともなら、勘弁ならん」

「どうする」

「つぎの一手を打たれる前に美山を殺る」

「それこそ、むこうの思う壺や」

「あほらし」

成澤がソファにふんぞり返った。

　五十嵐は煙草をくわえた。紫煙にため息が絡む。

「ええか、成澤。本家の会議でおまえは口をはさむな。金沢の件を喋れば会議が混乱を来す。矢島や青田らが勢いづく」

　成澤が顔をゆがめた。

「戦後三十年やで。同和や在日がのさばる時代はとうに過ぎたわ」

「口が過ぎる」

「そうかのう。若頭は気を遣い過ぎや」

「…………」

　そうやない。言いかけて、やめた。

　成澤の目にはそういうふうに映るのだろう。あえて否定はしない。

　昭和初期から戦後の数年間、神俠会は同和出身者の集まりであった。闇市時代は脆弱で無力な警察に代わって、無法者の在日集団と対峙した。昭和三十年代になると神俠会は在日の暴力団や愚連隊を傘下に加え、全国制覇をめざした。欲と野望には違いなかったが、抗争に明け暮れる日々に命を燃やす者もいた。

　それは紛れもない事実で、彼らが流した血と汗の上に、いまの連中は胡坐をかいている。その事実は置き去りにしたくない。

しかし、そのことを成澤らに話したところで詮無いことだ。

時代は変わった。折にふれ、実感している。

日本は自由に、豊かになった。国民が遮二無二働いたおかげだ。その反面、〈核家族〉とか〈鍵っ子〉という流行語が生まれた。

極道社会も似たようなものだ。団結の背景がぼやけ、めざすところがあきらかに変わった。夢や欲の質が変わったということか。

神侠会の礎を築いた同和出身の直参の大半が神侠会を割って出た。

神侠会の現執行部は、同和出身の佐伯、在日朝鮮人の水谷と柳下、日本人である五十嵐と成澤、鈴井で構成されている。舎弟頭の矢島は同和出身者のまとめ役で、おなじ出自の青田が佐伯や矢島を頼るのは当然ともいえる。

そういうことにも神経を遣わなければ組織を束ねられない時代になった。

「若頭」成澤が言う。「わいがぶち切れんよう、会議をまとめてくれ」

「心配なら欠席せえ」

「そうはいかん。代行らを黙らせるのも俺の務めや」

成澤がこともなげに言った。

五十嵐は目をつむり、首をまわした。先が思いやられる。

午後一時から開かれた一神会の幹部会議は一時間とかからずにおわった。

谷口の引退および谷口組の解散を受けての緊急会議だった。出席者からは引退と解散の背景を訝しがる声もあがった。美山は新聞報道とおなじ説明をした。様子見か、言質を取られたくないのか、発言を控える者もいて、議論は盛りあがらなかった。谷口の兄貴分の大村副理事長が体調不良を理由に欠席したことも影響したか。谷口と谷口組への対応は理事長と若頭に一任することになった。

残って雑談する者もなく、出席者はそそくさと本部を去った。

玄関前には大勢の報道関係者がいた。顔見知りの警察官もいた。

見送りを済ませ、美山は二階の応接室にあがった。友定も一緒だ。

ソファに寛ぎ、友定に話しかける。

「理事長は口数がすくなかったのう」

「若頭に下駄を預けたのです」

友定があっさり返した。

★

★

谷口と面談した翌日、大倉山の松原邸を訪ねた。友定にも声をかけた。夙川の病院での谷口とのやりとりを詳細に報告した。そのときも松原は多くを語らず、美山と友定のやりとりに耳を傾けていた。

──上に立てば俎板の鯉や。残るは引退か、死か──

理事長就任直後に二人で酒を酌み交わしたとき、松原はそう言った。それを実行しているにしても、ちかごろの松原には覇気の無さを感じる。

「ここ一番では皆を叱咤してほしいわ」

つい愚痴っぽくなった。

友定が目元を弛めた。

「谷口さんはどうしました」

「三田《さんだ》に運んだ。知り合いの堅気の家や。うちの若衆を二人つけた」

土曜の深夜のことである。

自宅に帰りたいとぐずる谷口を説得して妻の親戚の家に連れて行った。夫に先立たれた老女が独りで暮らしている。老女にはしばらく身内の家に移ってもらうことにした。ほとぼりが冷めるころを見計らって、家族共々、谷口を島根に移住させるつもりだ。谷口の生家は安来《やすぎ》温泉の近くにある。

その予定を話すと、友定が笑った。

「生臭い谷口さんが田舎で暮らせますか」

「あの人の一番の欲は生きることや。むこうに移っても、しばらくは面倒みる」

友定があきれたような表情を見せ、すぐ真顔に戻した。

「ところで、俺を残したのは谷口さんが書いた詫び状の扱いですか」

さきほどの会議では谷口が成澤に襲われたことも、〈解散届〉と〈詫び状〉を書かされたことも伏せた。話せば会議が紛糾するだけである。

「そっちは無視する」

「成澤が黙っているとは思えませんが」

「だとして、成澤はどう動く。堅気になった男を殺るか」

友定が首をひねった。

違う返答を予期していたか。そんな気がした。

友定の前で五十嵐の名前を口にしたくない。美山と五十嵐は五分の兄弟分。松原と五十嵐の関係も良好だった。それでも、友定が五十嵐を快く思っていないのは感じている。五十嵐なら成澤の勝手を許さない。その推測も胸に留めた。

「相談やが、谷口組の連中をどうする。会議では誰も話題にせんかった」

「引き取りたくないのでしょう。どこも己の食い扶持を確保するのに必死です。はっきり言って、戦争をやっている場合じゃない」

　さめたもの言いだった。

　谷口組の若衆は三十二名。二次三次団体まで数えれば百名ほどになる。

「しかし、ほうっておくわけにはいかん。全員がアシを洗うのならそれでええけど、そうなるわけがない。一神会として面倒を見なければ、連中は神俠会のほうに顔をむける。こぞってむこうに移れば、一神会は同業に笑われる」

「お言葉ですが、若頭は去る者は追わないと」

「状況による。だらしない親分のせいで組が解散した。若衆らに非はない。神俠会に移るとしても生きるために仕方なくと思うやつもおるやろ」

　話しているうちに腹が立ってきた。

「もうええ。俺が預かる」

「待ってください」友定が声を張った。「俺も引き取ります」

「そうか」

　美山は苛立ちを隠した。本音はともかく、友定にも意地や見栄がある。ここで友定と喧嘩をして、互いに得することは何もない。

「ほな、美山組が二十人とその枝を引き取る。それで、ええか」

「結構です」

美山は頷いた。

「そう長いことやない。どっちも客分扱いにする。折を見て、谷口組の幹部連中と話をし、組を立ちあげようと思う」

「頭を張る男がいますか。谷口組は藤堂で持っていた。代わりはいないでしょう」

「…………」

美山は口を結んだ。

極道者も息をする。食い、寝る。夢も見る。座して死を待つ者などいない。そんな話をしてもむだなことだ。


にわかに部屋が暗くなった。

美山は窓際に立った。

そとを眺める間もなく、大粒の雨が瓦を叩きだした。激しくなる一方だ。路上を人が駆ける。奇声が聞こえた。

水しぶきを浴びながら、美山は夕立の光景に見入った。

ほどなく路上に車が停まった。

「間の悪い男や」

声になり、苦笑がこぼれた。

――これからそちらにむかっていいですか――

電話で村上が言った。友定が去って一時間が経っていた。

「お変わり、ありませんか」

村上がソファに腰をおろした。上着を脱ぎ、横に置く。

「変わりようがない。おまえの運の悪さも相変わらずや」

美山は笑顔で言った。

二人きりで会うのは二か月ぶりか。

――友定組の世話になろうと思います――

東門の『薔薇』で、村上はそう切りだした。その日以来である。

村上も頬を弛めた。たのしそうにも見える。

若衆がお茶を運んできた。

「酒にする。バランを持ってこい」

「承知しました」

声を発し、若衆が立ち去った。

「会議はどうなりました」

「どこまで知ってる」

「粗方のことはうちの組長から。成澤に報復するのですか」

「あほな。おまえ、威されて命乞いをした男の仇を討ちたいか」

「谷口さんはどうでもいい。けど、一神会の面子があります」

美山は首をひねった。本音とは思えない。

「友定の考えか」

「組長は腹の内を見せません」

つめたく感じる声音だった。

村上が距離を置いているのか。友定が美山の耳を気にしているのか。そう思うが、気にしない。他人の心中を斟酌するのはむだなことだ。朝の友が夜には敵になる。いきなり拳銃をむけられることもありうる。

若衆がトレイを運んできた。バランタインのボトルとアイスペール、グラス二つと乾き物を盛った小皿がある。

「水割りですか」

村上が訊き、ボトルを手にした。濃い目の水割りをつくる。

美山はひと口飲んでグラスを置いた。

「友定が心配していた。おまえの口数が減ったと」

「兄貴も気になりますか」

村上は美山を兄貴と呼ぶ。極道組織の上では友定組舎弟の村上にとって美山は叔父貴にあたる。が、美山は村上と兄弟盃を交わしている。なにより情が深い。

村上は心配の意味がわかっているようだ。

「ならん。おまえの無茶ぶりはいやになるほど見てきた」

思いだせば冷や汗がでる。

青田一成殺害現場では村上に命を護られたようなものである。青田の若衆らは事態を飲み込めず、気が動転していた。村上が刺されなければ銃弾が飛び交っていた。ずっと以前には松原の反目にまわれば命を狙うと威されたこともある。

「おまえが友定の舎弟になると言うたとき、おまえの魂胆は読めた」

「…………」

村上があおるように水割りを飲んだ。口をまるめて息をつく。

「理事長や兄貴の役に立ちたい。それだけです」

「おまえが動けば波風が立つ。自明の理や」

「そんなむずかしいことを」村上が苦笑した。「兄貴は変わりませんね」

「おまえは変わりたいのか」

　村上がゆっくり首をふる。

「徳島の黒鯛《チヌ》、日本海の真鯛《タイ》。兄貴と釣りにでかけたのをよく思いだします。先だって大倉山に行ったときは、庭を眺めて生きたいと思いました」

「………」

　美山は口をへの字に曲げた。

　大丈夫か、おまえ。声になりかけた。

　テーブルの電話機が鳴りだした。

《若頭、お電話です》

「誰や」

《大阪の成澤と名乗りました》

　美山は首をかしげた。ちらりと村上を見る。やはり間が悪い。「つなげ」

《成澤や》

　横柄なもの言いだった。

「何の用や」

《あんた、宮本とかいうガキを預かっているそうやな》

「それがどうした」

美山は感情を抑えた。

動揺はある。が、想定内だ。成澤の気質はわかっているつもりだ。

――何を考えているのか、さっぱりわからん――

神侠会が分裂する以前、二人だけの酒の席で五十嵐の愚痴を聞いた。擡頭《たいとう》する新参者を指してのことだった。そのさい成澤の名前がでた。

――それでも極道者に変わりはない――

そう返したのも憶えている。

《そのガキがうちの島で不始末をしでかした。知ってるか》

「ああ。連れがいちゃもんをつけられ、喧嘩になったとの報告は受けた。そうなりゃ怪我人もでる。あたりまえのことや」

《面倒を引きずるのもあたりまえか》

「喧嘩、売っとんか」

《話し合いよ》ぞんざいに言う。《宮本の連れは平山というガキで、そいつが谷口組

とほざいた。本来なら谷口に掛け合うのが筋や。が、谷口は臆病風に吹かれて引退した。で、あんたの出番や》
「くだくだと、耳が疲れる。要点を言わんかい」
《宮本は藤堂からの預かり者らしいな》
「そうよ」
《宮本の身になにかあれば藤堂に顔向けできんやろ》
「宮本の命がほしけりゃ獲りにこい。俺のそばにおるさかい、一石二鳥や」
《殺せば話ができきんようになる》
笑いをふくんだ声だった。
「ようやく本題か」
《あんたには別件の貸しがある》
「なんや」
美山はとぼけた。
新開地の利権で面倒を引きずるのは覚悟していた。五十嵐が自分のしのぎに手をだすとは思えなかった。鈴井の独断というのも首をかしげる。器量も人脈もせまい。絵図を描いたのは成澤と察した。成澤と鈴井は兄弟分だ。成澤はカネにものを言わせて大阪府や兵庫県の議員らと手を組んでいるという。

《鈴井の兄弟がゼニを溝《どぶ》に捨てた》

「賄賂か。なんぼや」

《大金よ。けど、高がゼニ。俺は顔をつぶされた》

「整形したいんか」

うめき声が聞こえた。成澤が短気なのも聞いている。

「人を頼るな。俺のしのぎがほしけりゃ身体を張らんかい」

《ふん》成澤が鼻を鳴らした。《話し合う用意はあるか》

「条件を言え」

《鈴井を市の事業に参加させる。あんたのしのぎは減らん》

「ことわる」

《そう急ぐな。また電話する》

通話が切れた。

美山はゆっくり受話器を置いた。

「誰です」村上が前のめりになる。「面倒事ですか」

「成澤や」

投げやりに言い、新開地の解体工事にまつわるトラブルと東梅田でおきた宮本と成澤組との悶着を手短に話した。

「舐めくさって」

村上の顔は紅潮し、眼光が増した。

「どうするのですか」

「どうもせん。むこうの出方を待つ」

「宮本をほうってはおけんでしょう」

「死なせはせん」

こともなげに言い、美山はグラスを手にした。空になる。煙草をふかしている間に村上が水割りをつくった。

「おまえは何しに来た。会議の内容が気になるとは思えんが」

村上は一神会と距離を置いていると思う。一神会と運命を共にする意志があれば直系組長として盃を交わしたはずである。そうできる立場にいた。

「兄貴の耳に入れておきたいことがあって来ました」ひと息つき、顔を寄せる。「青田組の吉川をご存知ですか」

「ああ。やつがどうした」

「福原の事務所の近くにアパートを借り、居ついているそうです。吉川の乾分らも事務所に詰めて、何やら嗅ぎまわっているとか」

「中原の情報か」

「そんなところです」

美山は頷いた。

村上がこそこそ動いているのはわかっている。友定が案じているのを知って、それとなく中原にさぐりを入れた。中原によれば、義心会の事務所には事務長の新之助が常駐しているだけで、幹部連中の顔を見ることはないという。

神侠会幹部を監視しているのか。が、不安はない。村上が拳銃を手にするときは自分にひと言ある。そのさいは友定組とも縁を切る。

村上の心中を読むのは鏡を見るようなものだ。

「気をつけてください。吉川は昔気質の男やそうです」

「承知や」

美山はさらりと答えた。

葬儀場で、吉川は青田一成の骨を嚙み砕き、復讐を誓ったという。跡目を継いだ青田の実兄は吉川の若頭補佐昇格を望んだ。が、吉川はそれをことわり、青田組舎弟になったと聞いている。村上と気質が似ている。そんなふうにも思う。

「警護の者を増やしてはどうですか」

「若衆を盾に生きるんか」

「極道ならそれがあたりまえです」

村上が何食わぬ顔で言った。

おっしゃるとおりよ。目で言い、言葉をさがした。

「そとでは宮本に命を預けた」

「………………」

村上が肩をすぼめた。何を言ってもむだと顔に描いてある。

「おまえなら誰を殺る。佐伯か、五十嵐か」

「五十嵐さんは殺れません」

「いつまで経っても極道になれんのう。留置場の面会室で、俺に防弾チョッキを着ろとほざいたのはどこのどいつや」

村上が左手で首をさすった。

「兄貴は五十嵐さんに拳銃をむけられますか」

「そら、ためらうやろ。俺にも心はある。感情もゆれる。けど、一神会の若頭としての覚悟はできているつもりや」

曖昧なもの言いになった。

五十嵐といえども殺る。そう言うのは容易い。その覚悟もある。しかし、その場に立ったとき、己の心と感情はどうなるのか。推測するだけでもおぞましい。

美山はソファにもたれて煙草をふかした。

村上がグラスを傾ける。ふうっと息をついた。

「新開地の件でもめるようなら教えてください」

「ああ。九月から解体工事が始まる。現場は義心会に預ける」

「ありがとうございます」

村上の声がはずんだ。

しのぎをもらってよろこんだのではない。そんなことはわかっている。

「ひさしぶりに鮨でも食いに行くか」

「よろこんで」

村上が相好を崩した。

そうすると、二人で遊んでいたときのあれこれが胸いっぱいにひろがる。

視線をふり、窓を見た。

雨はあがった。むかいの家の屋根瓦がきらめいている。

村上を連れ、一階に降りた。

玄関の近くに宮本が立っていた。目が合う。挑むようなまなざしだった。理由はわかっている。成澤から電話がかかってきたのを知っているのだ。

美山は笑みをうかべて近づいた。

「でかける。ついてこい」

「はい」

宮本が左の脇腹にふれた。拳銃を確認したのだろう。

「車はいらん。ギイチも一緒や」

美山は玄関にむかった。

宮本の肩をぽんと叩いて、村上があとに続いた。

★　★

住宅街はひっそりとしていた。路上に人の影はない。

それで気づいた。きょうからゴールデンウィークに入った。住民は故郷へ帰ったのか。近年は海外旅行を楽しむ人も増えているという。

吉川克己は運転席で煙草を喫いつけた。葺合区上筒井通の路地角にいる。

――とうちゃん、ハワイに行きたい――

五歳の娘に言われたのを思いだした。ことしの正月のことだ。幼稚園の友だちが年末から家族でハワイに行ったと言い添えた。

なんと答えたのか。憶えていない。夢のような話だった。そのころ吉川は親分の仇を討つことばかり考えていた。刑務所行きを覚悟していた。娘にいい加減な返事をしたのか。ふと思い、苦笑がこぼれた。

娘の顔がうかび、続いて六年前の記憶がよみがえった。


「なんや。折り入っての話とは」

言って、青田一成が煙草をふかした。居間に勢いよく紫煙がひろがる。

青田の機嫌はよさそうだ。仕種の一つひとつでわかる。顔を見て、吉川はさらに身体を硬くした。ベルトに挿した出刃包丁がやたら重く感じる。

「すみませんでした」

声がふるえた。ひれ伏し、畳に額をこすりつけた。

「なんのまねや」

「春美さんを、抱きました」

「なにっ」

「申し訳ありません」

頭はあがりそうにない。目はつむっている。

きのう、青田に同行し、姫路市魚町の繁華街で遊んだ。最後に行った店は春美が勤めるクラブだった。春美は青田の情婦である。

日付が変わる時刻になって青田組の部屋住みの若衆が駆け込んできた。血相を変えていた。青田の娘が腹痛をおこし、救急車で病院に運ばれたという。「吉川、春美を家まで送ってやれ」言い置き、青田は店を去った。春美はひどく酔っていた。タクシーに乗ると春美は横になり、吉川の太股に頭を乗せた。赤いドレスのショルダーが肩からはずれ、おおきな乳房が露になった。吉川は欲情を堪えた。分別はついているつもりだった。春美を脇にかかえ、マンションのエレベーターに乗った。ドアが閉まるや春美が顔をあげ、くちびるを押しつけた。吉川は抗えなかった。ずっと春美が好きだった。青田が春美に飽きればと思ったこともあった。

「きのうか」

青田の声に怒気は感じなかった。

「そうです」

吉川は顔をあげた。晒を畳に敷く。その上に出刃包丁を突き立てた。

「なんのまねや」

「失礼します」

言って、左手の小指に輪ゴムを巻きつける。血を散らせるわけには行かない。

「待て」青田が声を張る。「指はいらん」

吉川は動きを止めた。青田を見つめる。

「命をよこせ」

青田が目を細めた。顔が近づく。

「ええおなごやろ」

「はい。死んでも悔いはありません」

「死ぬのは早い。所帯を持て」

「…………」

声がでない。目はまるくなった。

「わいのおさがりは嫌か」

「とんでもない」声が裏返る。

「わいの娘が春美に焼餅を焼いた。で、盲腸炎になった」

青田の声はつむじで聞いた。

ひと月後、青田夫婦の媒酌で、ささやかな結婚式を挙げた。その一週間後、春美の腹に子が宿っているのを知った。


腕の時計を見て、車を降りた。

前方の路地角に車が停まっている。気になっていた。が、そっちに行きかけてやめた。左側のマンションにむかう。四階に神俠会舎弟頭の矢島が住んでいる。

青紫色のガウンを着た女に迎えられた。三十代半ばか。ぽっちゃりしている。女に案内され、リビングに入った。十五平米ほどの洋間だった。真ん中に黄土色のソファがある。三人の男が座っていた。

「来たか」

矢島が声を発した。

青田一成の百日法要の日以来、二か月ぶりに矢島の顔を見た。

矢島の正面に座る男がふりむく。

吉川は目を見張った。解散した谷口組の稲田がいる。標的のひとりだった。牧村の賭場を襲撃しなければ、稲田が六甲山に眠ったかもしれない。

「まあ、座れ」

矢島に言われ、稲田のとなりに腰をおろした。そこしか空いていなかった。矢島のとなりには見知らぬ男が座っている。三十代後半か。髪はオールバック。細身を黒いスーツに包んでいる。値踏みするようなまなざしが神経にふれた。

「水谷組の安井や」矢島がとなりを指した。「若いが、若頭補佐を務めている」

「安井や」

居丈高なもの言いだった。

「吉川です。よろしく頼みます」

丁寧に返した。

「稲田は知ってるな」

矢島が薄く笑う。おまえが牧村を攫ったのは承知の上や。目が語っている。

「これからは仲ようせえ」

「どういう意味ですの」

声がとがった。肩をならべるだけでも虫唾が走る。

「近々、うちの身内になる。谷口組の残党を引き連れてな」

「ほんとうですか」

「ほんまや」稲田が言う。「矢島の親分に声をかけていただいた」

「それで筋が通るんか。一神会は承知か」

吉川は食ってかかった。一気に血が滾る。

「知ったことか」

投げつけるように言い、稲田が顎をしゃくった。

矢島が口をひらく。

「美山から連絡があったそうな。谷口組の残党は美山組と友定組で預かると……預かりやぞ」ばかにしたように言う。「中途半端な。迷惑なのか、若衆にする体力がないのか。どっちにしても、美山の底が知れる」

「しかし……」吉川は語尾を沈めた。

筋論を語る相手ではない。そもそも谷口組解散の背景が読めていない。耳にするのはうわさに毛の生えた程度の情報である。

「どうや」矢島が言う。「機は熟したか」

「なんの話ですか」

「とぼけるな。青田から話は聞いた。つぎの的は誰や」

「そんな話は……日を改めてください」

「ぬかすな」

矢島が語気を強めた。

「この先は安井と連携せえ。水谷組と青田組が合同で暗殺隊を組む。わいの提案を水谷も青田も了承した」

「…………」

吉川は奥歯を嚙んだ。罵声が飛びだしそうだ。そんな話は聞いてない。

「これまでの情報をよこせ」安井が言う。「作戦はそのあとや」

「あんたの指図は受けん」

「なんやて」

安井が唾を飛ばした。

吉川は拳を固めた。

「よさないか」矢島が割って入る。「これは決定や。暗殺隊を組む以上、失敗は許されん。混成部隊にすれば、一神会や警察の目を欺くこともできる」

「水谷組から何人です。叔父貴の提案なら、矢島組も参加するのでしょうね」

「わいに注文つけるんか」

「気に入らんのですわ。俺らは姫路を離れ、四か月も潜っています。それを、いまごろしゃしゃりでて、情報をよこせとは、納得が行きません」

「泣き言は姫路でほざけ。堪えてくれと青田に頭をさげんかい」

「馬脚をあらわすとはこのことよ」安井がせせら笑う。「青田組先代の骨を齧ったというが、腹が空いていたんやないのか」

とっさに吉川は拳銃を手にした。安井に銃口をむける。

「もういっぺんぬかしてみい」

安井が反りかえる。見る見る顔が青ざめた。

「やめい」

矢島の声は硬かった。

「安井、おまえも言い過ぎや」

安井がこくりと頷く。空唾をのんだようにも見えた。

「すまん。度が過ぎた。勘弁してくれ」

吉川は拳銃を収めた。

憤懣は鎮まらない。文句は山のようにある。

どれほどの時間とカネを費やしたことか。資金源は公営ギャンブルのノミ行為と野球賭博である。三人の乾分を連れて姫路を離れたことでしのぎが減った。ちかごろは妻が経営するスナックの売上をあてにするようになった。乾分らの士気もおちてきたように感じる。吉川も姫路が恋しくなるときがある。

「おまえの覚悟は褒めたる」矢島が言う。「けど、勝手なまねは許さん」

「…………」

吉川は口を結んだ。

こみあげる憤懣が爆発しそうだ。顔を見るのもうっとうしい。手柄がほしければくれてやる。そんな気分にもなる。

「返答せえ」

矢島に言われ、吉川は腹を括った。

「俺の指揮でよければ、受けます」

「ええやろ。おまえの顔を立てたる」安井にも話しかける。「辛抱せえ。目的達成が最優先や。水谷にはわいが話をつける」

「わかりました」

安井の声に不満がにじんだ。

吉川は横を見た。稲田はうつむき、身を縮めている。

「連絡先はどこですか」

「当面、わいに連絡してこい」

「わかりました」

ぞんざいに言い、吉川は席を蹴った。


路上に立った。煙草を喫いつける。

見上げた空は墨を刷いたようで、雲が流れているのかわからなかった。

何もかもが気に食わない。

吉川は青田組二代目と距離を置いている。先代の兄とはいえ、気質は異なる。二代目も声高に報復を口にするけれど、行動や言葉の端々に思惑が感じ取れる。

矢島組や水谷組と連携する必要があるのか。なぜ自分なのか。

二代目は複数の暗殺隊を編成したと聞いている。吉川は自分の意思で動いている。

それが気に入らなくて混成部隊に参加させたのか。

「くそっ」

唾を吐き捨てた。くわえ煙草で車にむかいかけ、足を止めた。

路地角の車が消えている。公衆電話ボックスが見えた。車の陰になっていたのか。

吉川はそちらに歩きだした。

公衆電話ボックスの中は熱がこもっていた。脚を投げて扉を開けたままにし、十円玉を投入する。カチャッと音がした。

《はい、吉川組》

「嘉男か」声でわかる。

小平嘉男は十九歳になった。

——他人様に迷惑をかけてばかりの甥っ子がいる。親もほとほと手を焼いてね。どうだろう、預かってはくれないか——

賭場の客に頼まれた。

先代の青田一成が殺されるひと月前のことだった。ことわる理由はなかった。極道になる者は似たり寄ったりである。吉川もガキのころは村の鼻つまみ者だった。いまもそれは変わらないだろう。自慢できるものはなにもない。

「ひとりか」

《はい。兄貴二人は散歩にでかけました》

「しゃれたことをぬかすな。どうせ、いつもの店やろ」

事務所の目と鼻の先にお好み焼き屋がある。老婆がひとりでやっている。

《そうかもしれません》

そのあと女か。言いかけて止め、思いつきを口にした。

「風呂に行くか」

事務所の近くには浮世風呂と称するトルコ風呂がひしめている。そこへ行き着くまでの路地角には年齢不詳の街娼が立っている。

《お願いします》

「安い店やぞ」

《はい。自分は婆でもよろこんで》

「三十分で戻る。パンツ替えて待ってろ」

受話器をフックに掛け、公衆電話ボックスを出た。

見あげた先に三日月が見えた。雲は流れているようだ。

目は開いている。何かを見ているわけではなかった。頭の中は混乱している。

何かが動いた。車の助手席に乗っている。

村上は視線をおとした。ズボンに灰がひろがっている。手で払った。

――谷口組の稲田があらわれました――

裕也から連絡があった。一時間ほど前のことだ。谷口はどこへ行くにも稲田を連れていたので義心会の幹部は稲田を見知っている。一緒にいた者の顔は確認できなかったと言い添えた。

通話を切り、事務所を出た。稲田の行動が気になった。

元谷口組の組員は美山組と友定組が預かる方向で話が進んでいると聞いていた。その最中にどうして稲田は矢島と接触したのか。考えられることはそう多くない。寝返り、復縁。そんな言葉がうかんだ。

★　★

公衆電話ボックスのそばに車を停め、裕也から話を聞いているところへ姫路ナンバーの車があらわれた。運転席から出てきた男もマンションに入った。

吉川の名前がうかんだ。県警四課の中原は吉川の動きを気にしている。まよったあと、村上は方針を変えた。

稲田を捕まえて問い詰めるのは容易い。いつでもできる。姫路ナンバーの車を追尾し、素性を特定する。そう決めて、車をめだたない場所に移動したのだった。

「どうやら吉川のようですね」

運転席の五郎が言った。

裕也と乾分はそのまま矢島のマンションに張り付かせた。

村上は前方を見た。車の数がすくない。ゴールデンウィーク只中のせいか。五郎は姫路ナンバーの車との距離を空けていた。

「どこや」

「もうすぐ湊川《みなとがわ》神社です」

神戸市民から〈楠公《なんこう》さん〉と親しまれる湊川神社の裏手を西へ進めば、浮世風呂が軒を連ねる福原、歓楽街の新開地にたどり着く。

前方の車の右ウインカーが点滅を始めた。

五郎が駆け足で戻ってきた。運転席に座る。

「駐車場の路地向かいのアパートに入りました。一〇五の郵便受けに青田組神戸支部と書いてあります」

「アパートが見える位置に移動しろ」

五郎が車を前進させ、十メートルほどで停める。右前方を指さした。木造二階建てアパートが見える。両どなりは民家か。古そうな建物が密集している。

「どうします。押し込みますか」

「あほか」

村上は笑った。五郎はすぐ血気に逸る。

「やつが吉川かどうかわからん。吉川だとして、襲う理由がどこにある」

「一神会の幹部を狙っているのでしょう」

五郎が口をとがらせた。村上と中原のやりとりを聞いているのだ。

「俺らはやることがある。吉川ごときを相手にするひまはない」

何かを言いかけ、五郎が身を乗りだした。

「やつです。もうひとりいます」

村上は闇夜に目を凝らした。が、面相はわからない。福原のほうに歩きだした。

五郎がドアに手をかける。「尾けます」

「やめとけ」

村上は前方を指さした。車が徐行している。屋根で赤色灯が回っている。所轄署のパトカーが巡回しているのだ。すっかり見慣れた。義心会の事務所の周辺でもパトカーや警察官を目にする。

自宅に帰って着替え、階下の義心会事務所に入った。

妻と子はいなかった。義母の容態は一進一退で、入院は長引きそうだという。一度見舞いに行ったきりだ。気にはなるが、忘れている時間のほうが多い。

応接室に中原がいた。箸を手にふりむく。

「遅い」笑って言う。「夜中に呼びつけられて、まかないの残飯整理よ」

「あるだけましや」

村上はソファに腰をおろし、煙草をくわえた。

中原が丼飯をかき込む。鮭の塩焼に玉子焼き、大根おろしに茄子の浅漬け。海苔と味噌汁もある。何時であろうと旺盛な食欲は変わらない。

茶漬けでもと思っていたが、食欲が失せた。新参者の鉄二にウィスキーの水割りを頼む。事務長の新之助と五郎を隣室に行かせた。

中原がにやりとした。

「報告待ちか」

「何の話や」

「とぼけるな」

言って視線をおとし、味噌汁を丼飯にかける。ずるずると音がした。食べおわるとすすぐようにお茶を飲んだ。

「おまえはあまい」

「どういう意味や」

「佐伯に孝太、矢島には裕也が張り付いているそうやな」

「……………」

村上は顎をしゃくった。

「毎日のように事務所や自宅の近くでおなじ車を見かけりゃ、のんきに巡回しているパトカーのおまわりも気づく」

「なんでいまごろ言う」

「そろそろ忠告したほうがよさそうや」

「四課の誰かがむこうにチクったか」

「どうやろ」

　気のない返事をし、中原が水割りのグラスを傾ける。

「で、殺る気か」

「殺る……と言えば、どうする」

「どうもせん。けど、美山がこまるやろ」

「兄貴に迷惑はかけけん」

「それもあまい」中原が声を強めた。「おまえと美山はひと括りや。むこうの暗殺隊がおまえらを的にかけているとのうわさもある」

「願ったりよ。拳銃をむけてくれたら名分が立つ」

「あほくさ。馬の耳に念仏。おまえのあほは死んでも直らん」

「そんな話はどうでもええ。姫路ナンバーの車の持主はわかったか」

　姫路ナンバーの車の男が矢島のマンションに消えたあと、公衆電話ボックスに入った。中原は自宅にいた。用件を言い、事務所に来てくれるよう頼んだ。

「陸運局はねんねや。が、四課の資料に載っていた。吉川の嫁の名義や」

　頷き、村上は煙草をふかした。

「吉川が矢島のマンションに入った」

「ほんまか」

「以前から出入りしていたのか」

「そんな話は聞いたことがない」

中原が眉間に皺を刻んだ。

「どう読む」

「執行部と距離を置く矢島と青田が結託したか。佐伯が絵図を描いたか」

自信なさそうなもの言いだった。

聞いているうちにあることがうかんだ。それが声になる。

「五十嵐さんと矢島は対立しているのか」

中原が目で笑う。

「なんやねん」

「ほんまに、おまえはあまい。きのうの友はきょうの敵や。さん付けはないやろ」中原がさらに表情を弛めた。「まあ、そんなおまえは嫌いやない」

「好いてくれと頼んだ覚えはない」

村上はむきになった。美山にもおなじようなことを言われた。

中原が声にして笑った。すぐ真顔に戻す。

「五十嵐はどうかわからんけど、佐伯は神俠会のてっぺんを狙うてる。とはいえ、佐伯も五十嵐も主流派で、このままでは若頭の五十嵐に分がある。で、佐伯は五十嵐と距離を置く連中を取り込みたい」

「くだらん」

村上はにべもなく言った。

聞くだけで全身が痒くなる。

美山の背中を見て生きてきた。五十嵐や藤堂も間近にいた。三人とも神俠会の中で生きることに懸命だった。それ故に、三人は派閥の垣根を越えて連携していた。

しょせん極道か。ため息がでそうになる。奥歯を嚙んで堪えた。ほかに生きる術を知らない。美山にはかかえきれないほどの恩義がある。

「さぐってみる。それまで、軽挙妄動は慎め」

頰が弛んだ。美山と中原は同類なのか。むずかしい言葉を口にする。

電話機が鳴り、すぐに音が止んだ。親子電話になっている。

ドアをノックする音がし、五郎が顔を覗かせた。

「お電話です」

午前零時が過ぎた。

「そっちで受ける」

言って、村上は隣室に移った。

《稲田の連れは水谷組の安井です》裕也が言う。《顔を見ました》

村上が松原組の若頭補佐だったころ、裕也を神侠会本家の当番に行かせたことがある。そのさい裕也は本家直参とその側近の顔をあらかた憶えたという。

おどろきはない。稲田と安井が兄弟分なのは知っている。

「きょうは引きあげろ」

《全員ですか》

「ああ。あしたの朝、事務所にこい」

中原の話を聞いて決断した。矢島のマンションの近くに部屋を借りる。アジトに適したアパートの下見は済ませてある。

通話を切り、応接室に戻った。

「見張りからの報告か」中原が言う。

「何も訊くな」

「むだなことはせん」

そっけなく言い、中原が水割りを飲んだ。グラスが空になる。

「さっきの話やが、吉川のほうはあんたが頼りや」

「おまえは敵の幹部で手一杯か」

「そう思うなら、とっとと吉川をパクれ」

「あほぬかせ。賭場の事件は証拠も証人もない。そもそも事件になってない」

「ほな、吉川を監視してくれ。はぐれ鳥でも信用できる部下はおるやろ」

中原はみずからを県警本部のはぐれ鳥という。

「俺は身内を信用してない。信用されてもないが」

「日ごろのおこないが悪いからや」

「おまえはわかってないのう」

「ん」

「八対二や。三角と丸の勢力は六対四やが、県警四課は八対二。圧倒的に三角シンパが多い。それだけ旨い汁を吸ってきたということよ」

中原が両肩をぐるぐるまわした。話に飽きてきたのだ。

「くだらん話で眠気が飛んだわ。花園に連れて行け」

生田新道沿いのナイトクラブ『花園』は夜明けまで営業している。警察の家宅捜索を警戒して二重の鉄扉を施し、美味い料理とバンドの生演奏で客をたのしませる。暴力団の幹部らも出入りしている。

面倒な場所は避けたい気分だが、否はない。中原がもたらす情報は何物にも代えがたい。それに、『花園』と聞いて腹の虫が鳴った。きょうの夕食はぬきだった。

★　★

歩道に長蛇の列ができている。先頭も末尾もわからない。皆が赤色や緑色の鉢巻きを締め、のろのろ歩いている。絶えることなく拡声器を通してわめき声が聞こえる。まるで無関心のように、歩く人々は笑顔だった。

何十本もの旗がゆれている。

宮本修はアパートを出たところで足を止め、メーデーのデモ行進を眺めた。労働組合の旗が鯉幟のようにも見える。

デモ隊に寄り添う制服警察官のひとりが何かに躓《つまず》いた。同僚が笑った。

それを見て、宮本は歩きだした。

いつもの喫茶店の扉を開ける。鈴の音がした。扉に取り付けてある。

奥の席に平山透がいた。ほかに客はいない。

宮本は無言で平山の前に座り、ウェートレスにコーヒーを注文した。

「あれから何をしていた」

東梅田で騒動をおこして以来、会っていなかった。「相談がある」一時間前に電話をよこし、平山が言った。会いたくはなかった。が、美山に迷惑がおよんでいる。

「あしたは労働者の休日や。おまえものんびりせえ」きのう美山に言われ、部屋でだらだらしていたのも会う気にさせた。

「二日間、明石のダチの家におったんやが、やっぱり気になってな。稲田の叔父貴に電話をかけた。呼びつけられて」

平山がシャツをたくしあげた。左の二の腕は赤紫色に腫れている。「この様《ざま》や」背中も木刀で殴られたという。

「小指があるだけましや」

宮本はひややかに言った。ばかな男だ。そうなると思って有り金を渡し、逃げろと忠告したのだった。

「そうやな」平山が力なく言う。

「俺の名前をだしたか」

「すまん」

「まあ、ええ。で、何の用や」

「こんどこそ、ふけようと思う」

「なにがあった」

「それがな」平山が顔を寄せる。「稲田の叔父貴は矢島組の世話になるそうな」

「ほんまか」

「ああ。うわさやけど、叔父貴は成澤に威しをかけられたみたいや。たぶん、おまえがあそこの若衆を刺した件やろ」

平山がさぐるような目をした。

顔が引きつった。おまえの不始末を俺に被せるのか。怒鳴りつけたくなる。が、我慢だ。まだ訊きたいことがある。

「びびった叔父貴は矢島に泣きついた」

「なんで矢島や」

「岡山の水谷組は知ってるな。あそこの幹部が稲田の叔父貴と刑務所仲間で、兄弟分になっている。そいつが仲を取り持ったらしい」

宮本は頷いた。水谷は矢島にかわいがられている。

「美山さんに聞いてないんか」

「なにを」

「美山さんは谷口組の若衆の面倒を見るつもりらしい」

宮本は目を白黒させた。初耳である。そもそも美山は稼業の話をしない。谷口組が解散したときもそれに関する話は聞かなかった。疑念が声になる。

「稲田はそれを蹴ったのか」

「たぶん。俺の想像やが、叔父貴に同調する連中はけっこう多いと思う」

「天秤にかけているのか」

「美山組と矢島組なら誰でも美山組を望む。けど、神俠会と一神会……」

「もうええ」宮本は乱暴にさえぎった。「幹部の誰や。矢島になびくのは」

「聞いて、どうする」

「美山さんに報せる」

「やめてくれ」叫ぶように言う。「殺されるわ」

「どうせふけるんやろ。ええか。俺はおまえのせいで美山さんに迷惑をかけた。洗いざらい話すのが礼儀や」

平山がうなだれた。

宮本は畳みかけた。

「ふけたい理由、ほかにもあるやろ」

平山が目をしょぼつかせた。「なんでわかるねん」

「おまえはわかりやすい。理由を話せ」

「暗殺隊に入れられそうや」

「稲田は懲りてないのか」

平山が手のひらをふる。

「こんどの的は一神会の幹部や」

「腐れ外道が」

思わず懐に手が行きかけた。

「幾つかの組で結成するらしい。叔父貴に覚悟しておけと言われた」

「一神会の誰を殺る」

平山が首をふる。頭がもげおちそうだ。

宮本は諦めた。詳細は教えられていないだろう。

「どこかに飛んで、堅気になれ」

「絵入りのチョンを誰が雇う。おまけに、中学中退や」

情けない顔になった。

絵は刺青、チョンは在日朝鮮人をさす隠語である。

「ほな、どうする」

「都合はつくか」

からみつくような目つきになる。

「なんぼや」

「五十……三十万でかまへん。沖縄に行く。しのぎを見つけて返すさかい」

鼻で笑いそうになった。ねぼけた野郎だ。性根が腐っている。どこに住んでも地場のやくざの手下になるのがおちだ。

「銀行口座は持ってるか」

平山が頷くのを見て、ポケットをさぐった。五万円を渡した。七枚の千円札が残った。それでも構わない。三十万円も都合をつける。平山は口が軽い。いつ寝返るか、知れたものではない。

「沖縄に着いたら連絡をよこせ。居場所を確認したら、残りを送ってやる」

平山が頷くのを見て、宮本は席を立った。そとの空気を吸いたくなった。

デモ行進の列は続いていた。

KAWASAKI650−W1の車体が傾く。右膝が地面につきそうだ。

腹に巻き付く両腕が硬くなった。若葉が抱きついている。

宮本は、ゆっくりと車体を立て直した。神戸市内を西へむかっている。朱色に染まる空があざやかだ。首筋に若葉の吐息を感じた。

頭の中を空にしたかった。平山と別れたあと、アパートに戻って一神会本部に電話をかけた。美山と話ができた。平山からの情報を報告した。

――わかった。きょうはのんびりせえ。あしたの昼、本部にこい――

来客中のためか、報告内容について質問されることはなかった。

宮本は拍子抜けした。美山は早急に動く。そう読んで、心の準備をしていた。

肩をおとし、煙草をふかしているうちバイクに乗りたくなった。藤堂が運転するバイクは空を飛ぶかのようだった。藤堂の鋼のような身体にしがみつき、奇声を発していた。受話器を手にした。元町のデパートに電話をかけ、若葉を誘った。きょうは早番出勤で午後五時に退社すると聞いていた。

空がひろくなった。右手に電波塔が見える。ラジオ関西の社屋の上にある。

宮本は速度をおとし、左折した。須磨海浜公園に入る。藤堂もツーリングのさいここに立ち寄り、一服していた。国民宿舎の脇にバイクを停めた。

枝ぶりの異なる松の木があちこちにある。木の下で、若葉が両腕を伸ばした。

「こわかったか」

訊いて、宮本はヘルメットをハンドルに掛けた。

「すこし」

若葉がはにかむように笑った。

二人でのツーリングはきょうが三度目である。最初は若葉を抱いたあとだった。身を切られるような寒風の中を駆けた。

宮本は歩きだした。防波堤の間の階段を降りる。

「きれい」

背に声がした。

夕焼け空は消えるどころか、あざやかさを増していた。朱鷺《とき》色に染まっている。その下に、藍色の淡路島が静かに横たわっていた。

浜辺に腰をおろした。尻がひんやりする。粗い砂だ。国鉄須磨駅を過ぎ、須磨浦公園、垂水、舞子。西へむかうほど浜辺の砂は細かくなる。

宮本は煙草をくわえた。

若葉がとなりに座った。パンプスを脱ぎ、両脚を伸ばした。砂地に両手をつき、身体を支えた。無言で西空を見る。

宮本は波打ち際を眺めた。細波《さざなみ》は心を洗ってくれそうにない。

「何かあったの」

若葉の声に、視線をむけた。

「こんなきれいな夕陽を見ないなんて、変よ」

「………」

声がでない。

若葉の瞳に夕陽が映えている。

水際にぽつぽつ、釣竿を手にする人たちがいる。

「何が釣れるの」

「ダボハゼや。誰でも釣れる」

ダボは関西弁で、あほ、まぬけという意味である。

ふかし、宮本は短くなった煙草を砂に埋めた。

「あした、面会に行く」

若葉が目をまるくした。瞳の中の夕陽がおおきくなった。

「話すの。それなら、わたしも行きたい」

「仕事やろ」

神戸拘置所の面会時間は午前九時から午後四時である。

「休みます」声が強くなった。

「やめとけ。別の用がある」

若葉が眉尻をさげた。何か言いたそうだが、声はなかった。

宮本は視線を海に戻した。釣竿が弧を描く。リールを巻く音がした。

「お腹、空いた」

若葉が言った。表情は戻っている。

「ラジ関で食うか」

ラジオ関西の敷地内には飲食店がある。何軒か、藤堂と入った。

「海を見ながら食べたい」

「ほな、舞子まで飛ばすか」

「うん」

声がはずんだ。立ちあがり、小石を海にむかって投げる。水しぶきはあがらなかった。それを見ることもなく、若葉はパンプスを手に、砂地を歩きだした。

めざめたとき、部屋に若葉の姿はなかった。寝坊したようだ。きのうはなかなか寝つけなかった。若葉が寝入ったあと布団をぬけだし、水割りのグラスを片手に、小説を読んだ。部屋では読書の時間が増えている。藤堂の影響による。前回の服役中は藤堂に頼まれてたくさんの文庫本を届けた。読めとは勧められなかった。が、藤堂が読む小説に興味を持った。灯をつけても若葉の寝息は聞こえていた。眠くなったころ窓のそとは白んでいた。

布団をぬけだし、煙草をくわえた。テーブルに便箋がある。〈あした、来ます。おじさんの様子を聞かせてください〉ちいさな文字で書いてある。

ほかに書きたいことがあったんじゃないのか。胸で訊いた。目覚まし時計を見る。午前十時を過ぎていた。アラームの針は七時をさしている。きょうも早番出勤だったのか。いったん自宅に帰ったのか。そんなことを思った。

台所でコップ一杯の水を飲み、顔を洗った。濡れた手で髪を梳く。バックに撫でつけ、部屋に戻った。六畳と四畳半。冬は炬燵《こたつ》になるテーブルとテレビ、幅一メートルほどのタンスと整理棚。家具と呼べるものはそれくらいだ。

白のポロシャツを被り、ジーンズを穿く。拳銃をベルトに挿した。ちかごろは重さを感じなくなった。カーキ色のブルゾンを着る。去年の秋に藤堂が買ってくれた。ポケットが幾つも付いている。

バイクのキーをさげ、部屋を出た。

神戸拘置所は兵庫区菊水町にある。終戦の翌年に建てられた。施設は老朽化がひどく、来年には市の北部へ移転するという。神戸拘置所は常に定員いっぱいで、それも移転の理由になったと聞いている。

一時間ほど待たされた。係員に声をかけられ、面会室に入った。

アクリル板をはさんで、藤堂と向き合った。頭髪が伸び、口のまわりの髭がめだった。顔はふっくらしている。血色はよさそうだ。

宮本は顔を近づけた。

「お変わり、ありませんか」

「おまえはどうや。美山に迷惑をかけてないか」

「はい」

即答した。

成澤組とのトラブルは話さない。藤堂は谷口の引退と谷口組解散のことで気をもんでいるだろう。その話も避けると決めていた。

「お役にも立っていませんが」

藤堂が目元を弛めた。

「美山も気苦労が絶えんようや」

「会われたのですか」

「おやじが引退する前の日に来てくれた。疲れた顔をしていた」

「…………」

宮本はきょとんとした。

どんな顔か想像もつかなかった。美山から弱音を聞いたことがない。悩んでいるような表情を見たこともない。

誘われるように、思いのかけらが声になる。

「自分はどうしたらいいでしょうか」

「美山のそばから離れるな。おまえが望んだことや」

「けど、親分の気持を思うと……」

「おい」藤堂が強い声でさえぎった。「俺の心の中が見えるんか」

宮本は頭をふった。そうするしかなかった。

「おやじは引退した。もう命を狙われることもない」

「自分は引退の背景が気になります」

「どあほ」

藤堂が怒声をはなった。

うしろに控える刑務官の顔が強張った。

「それを知って、どうする。極道者としてのおやじは死んだ。どういう事情があれ、引退は撤回できん。無様や」

噛んでふくめるように言った。無様や。最後のひと言が胸に刺さった。

開きかけた胸の扉を、宮本は閉じた。心配は杞憂だった。谷口組の残党の動きを知れば、藤堂は脱走するかもしれない。そう思っていた。自分を気遣っての言葉かもしれない。それならそれでありがたく受け入れる。

「バイクの調子はどうよ」

やさしい声になった。

「エンジンの音も快調です。ここにもバイクで来ました」

「そうか。たまには若葉を乗せてやれ」

「えっ」

宮本は目をまるくした。瞳が固まる。心臓が止まりかけた。

これまでの面会で、藤堂は若葉の話をしたことがなかった。宮本も避けてきた。後ろめたい気分をかかえながらも、切りだせなかった。

はっとした。鼓動が速くなる。

きのうの様子からも若葉が話したとは思えない。藤堂は身内との面会を拒んでいると聞いた。が、若葉によれば、藤堂の妻はまめに手紙を送っているという。実の娘たちの近況報告と併せ、若葉のことも書いているのか。若葉がときどき外泊することも記したのか。それなら、藤堂は自分を思いうかべるだろう。若葉は藤堂を訪ねてアパートに来ていた。帰りは宮本が車で送った。

言葉をさがしているうち藤堂の声がした。

「何でも美山に相談せえ。ああ見えて、美山は情がある。親身になってくれる」

「姐さんもやさしいです。先だって、昼飯をご馳走になりました」

「そうか」

藤堂が刑務官に声をかける。

「おわりました」

「…………」

あっけに取られた。二十分の面会時間は半分が過ぎたところだ。

藤堂が立ちあがる。声もなく、ふりむくこともなく、部屋を去った。

宮本はため息をついた。


神戸拘置所をあとにし、宮本は東へむかってバイクを駆った。トアロードを右折、ゆるやかな坂をくだる。生田新道と交わる手前の脇道に入った。

一神会本部の前で停め、バイクのスタンドを蹴った。

一階の事務所には七人の若衆がいた。本部には常時十名ほどが詰めている。半分は美山組の若衆、ほかは一神会幹部の若衆と聞いた。皆が紺色の戦闘服を着ている。右胸に一神会の代紋が刺繡してある。

宮本は台所へ行き、コンロの薬缶を持った。麦茶をグラスに注ぐ。飲んで注ぎたしたグラスを手に、事務所に戻った。玄関に近い椅子に腰をおろす。

「若頭は接客中や。おわったらおまえに用があるそうな」

叉賀が言った。

四十年輩の坊主頭だ。叉賀は美山組の若衆だが、本部では美山のことを若頭と呼んでいる。事務所当番の頭のようだ。いつ来ても顔を見る。

「わかりました」

「こっちにこい」

叉賀に手招きされ、ソファに移った。

ソファは叉賀ひとりで、ほかの六人はデスクやダイニングテーブルにいる。

「おまえ、美山組に入るんか」

「その予定はありません」

宮本はおだやかに答えた。

「いつまでも一匹というわけには行かんやろ。堅気になるんか」

「柄やないです」

「そうよのう。おまえは筋金入りや」ひと息つく。「昼飯は食うたか」

「まだです」

朝から何も食べていない。ここへ来る途中で喫茶店に寄ろうとも思ったけれど、わずらわしさが勝った。美山に時刻を指定されなかったこともある。

「俺もや。蕎麦でも食おう」

叉賀が電話機に手を伸ばした。

「カツ丼をお願いします」

言って、宮本は麦茶を飲んだ。

カツ丼と天ぷら蕎麦を注文して受話器を置き、叉賀が顔をむける。

「奢ったる。おまえには世話になってるさかい」

「世話て」

「若頭は誰も連れて歩かん。おまえがついてくれて感謝している」

「世話になっているのは俺のほうです」

「かもしれんが、うちの親分を頼む」

叉賀がにこりとした。

宮本は右手の人差し指を上にむけた。

「誰です」

「弁護士よ。あちこちで小競り合いがおきてるようや」

叉賀の表情が曇った。

気をもんでいるのか。そうなるのも何となくわかる。「美山は何でもひとりでかかえ込む」かつて藤堂にそう聞いた。

「おまえは身内みたいなもんや」

独り言のように言い、叉賀が天井を見あげた。

宮本は口をつぐんだ。声にする一言ひと言が重たくなるような気がしている。

★　　★

阪神神戸線西灘駅の北側の住宅街に入った。人通りはない。街灯のあかりがさみしそうに感じる。午後十一時を過ぎた。

「前の車のうしろにつけろ」

宮本が言われたとおりにする。

前の車から男が降りた。美山組舎弟の藤木だ。近づき、後部座席に乗る。

「どこや」

美山の問いに、藤木が右手の煉瓦色の建物を指さした。

「あのマンションの二階の端、二〇四号室です」

「おるんやな」

「はい。夕方に戻って来たままです」

「ぬかりはないか」

「裏も二人が見張っています」

頷き、美山は宮本に声をかける。「ついてこい」

宮本が運転席のドアを開けた。

「どうされるので」藤木が訊く。「攫うのですか」

「中で始末をつける」

「嫁もいます」

「知ったことか」

美山はそとに出た。

藤木を残し、マンションにむかう。階段の前で足を止め、手を差しだした。

「よこせ」

「だめです」

宮本があらがった。

「辛抱せえ。稲田の裏切りと、おまえの刑務所行き。藤堂はどっちを悲しむ」

宮本が眉尻をさげた。ため息をつき、二十二口径のベレッタを手にした。

小型拳銃だが、意外なほど手応えがあった。

「素手なら止めん」

にやりとし、美山は階段に足をかけた。

二〇四号室のドアの前に立った。こそこそすることはない。チャイムを押した。かすかに足音が聞こえた。声はない。ドアも開かない。

美山はもう一度チャイムを鳴らした。

「どちらさまで」

男の声がした。

稲田の声かどうかはわからない。顔は何度も見たが、話した覚えはない。

「美山や。開けろ」

「夜分に何用ですか」声が硬い。

「四の五のぬかすな。開けんかい」

しばしの沈黙のあと、チェーンのはずれる音がした。ドアが開く。白地に赤いラインが入ったジャージの上下。稲田の顔は青ざめていた。

宮本がすっと身体を入れ、稲田の腕を取った。稲田が目をぱちくりさせる。

六畳の和室に女がいた。四十代半ばか。表情はなかった。

宮本が女を立たせ、隣室に連れて行く。

部屋にはブラウンのサイドボードと長方形の座卓、テレビ。座卓には吸殻の溜まったクリスタルの灰皿、瓶ビールとグラスが二つある。

テレビにはユニフォーム姿の男が映っていた。『プロ野球ニュース』か。去年から放送が始まった。家に居るときは美山も視る。極道者にかぎれば視聴率は五十パーセントを超えるだろう。野球賭博にかかわっている者なら誰でも視たくなる。

稲田を座らせ、美山は座卓に腰をかけた。テレビの音量をあげ、煙草をくわえる。紫煙を吐き、稲田を睨みつけた。

「平山とかいう小僧を東梅田に行かせたのはおまえやな」

「…………」

稲田が視線をそらした。宮本の情報と思ったたか。

美山は灰皿をつかんだ。吸殻が飛び散る。

稲田が両腕で頭をかかえる。かまわず、灰皿をふりおろした。稲田の右の手首を直撃する。鈍い音がした。稲田がうめく。

「訊かれたことには答えんかい」

「幹部で決めたことです」

しかつめ顔で言った。

「そうかい」首をまわした。「成澤から連絡はあったか」

「ここに電話がありました。けど、話していません」

「ええ根性や。成澤と一戦交えるのなら手を貸したる」

「けっこうです」

「遠慮するな。おまえは美山組の客分になるんや」

「その話は、おことわりしようと思います」

聞き取れないほどの声だった。

「なんでや」

「俺ひとりの考えやない。美山の叔父貴はうちの親分を引退に追い込んだ。そういう話がひろがっています。それに、客分というのも……」語尾が沈んだ。

「好きにさらせ」

投げやりに言い、美山は煙草をふかした。苛々する。

稲田は意外としぶとい。が、性根が据わっているとは思えない。口が達者で、理屈をこねるのが巧いと聞いている。

遠回りするのは時間の無駄のようだ。

宮本が戻ってきた。女を縛りつけたか。稲田のそばに立った。

「きのうの夜はどこで、何をしていた」

「えっ」

「上筒井で誰と会うたか訊いてる」

「…………」

稲田が目を見開いた。口も半開きになる。

宮本が動く。左の膝が稲田の頬を捉えた。稲田の身体がゆれる。

美山は稲田の頭髪を摑んだ。

「矢島に、何の用や」

きのう、電話で宮本から話を聞いたあと、藤木に稲田の監視を命じた。藤堂に近かった元谷口組の幹部三人を美山組事務所に呼び、事情を聞いた。

――稲田は水谷組の安井と接触しているようです――

ひとりが証言した。

夜八時を過ぎて藤木から連絡があった。

――十分前に、上筒井にある矢島の家に入りました。水谷組の安井も一緒です……それを見届けて離れました。矢島の家の近くに気になる車が停まっていましてね……わかりません。ナンバーも確認できませんでした――

藤木が申し訳なさそうに言った。

「呼ばれました。無視するのも気が引けて」

「成澤より矢島が恐いか」

美山は床のクッションを手にした。銃口をあてがう。小型でも銃声は響く。

「ひぃー」

稲田がぶるぶると顔をふる。たちまち血の気が失せた。歯の鳴る音がした。

「俺と矢島は、どうよ」

「………」

稲田の動きが止まった。地蔵になる。

くぐもった音がした。稲田の身体がはねる。声はでなかった。

クッションを捨てた。ジャージが赤く染まっている。出血量が多い。あたり処が悪かったか。気にしない。あらがえば六甲山に運ぶつもりでいる。

「矢島の盃を受けるそうやな」

「そんな……誤解です」

「五階も六階もあるかい」

「ほんとうです。信じてください」

稲田の頬が痙攣している。脂汗が光った。

美山は周囲を見た。座卓の下に黒の電話機がある。稲田の前に置いた。

「矢島に電話せえ」

「はあ」

稲田が目を剝く。目の玉が飛びだしそうだ。

「宮本。運びだせ。裏山か東梅田か。好きにせえ」

宮本が稲田の背後にまわる。首に腕を絡めた。

「待ってくれ」稲田が叫んだ。「する。何て言えば」

「あんたの世話にはならんと、きっちり言うたれ」

「…………」

声はない。稲田の眉尻がさがった。観念したか。受話器を手にする。ダイヤルを回しかけて、美山を見つめた。すがるようなまなざしだった。

「助けてもらえるので」

「ええのか。俺は谷口に引導を渡した男や」

「それは事情があってのことでしょう」

吹きだしそうになった。どの口がぬかす。言うのもあほらしい。

ダイヤルを回す音がした。

第三章　烏合

黒服の男たちが頭をさげた。烏の集団が一斉に餌を啄むかのようだ。

周囲の人々が眉をひそめた。足早にその場を離れる者もいる。

初老の男が近づいてきた。

「成澤」笑顔で言う。「これからはおまえらの時代だ。期待しているぞ」

「はい。お目にかけていただき、恐縮至極です」

成澤は精一杯の真顔をつくった。

相手は横浜を本拠にする誠和会の会長である。神俠会の故三代目とは五分の兄弟分だった。絶縁処分の廻状がまわったこの日、誠和会の幹部らを引き連れ、神俠会本家を訪ねて来た。会長代行の佐伯の懇願によるものと聞いた。絶縁処分の正当性を誇示し、廻状に重みをもたせる思惑があったのだろう。

しかし、それは同時に、誠和会会長の存在感を改めて示すことにもなる。執行部の会議に諮っていれば、成澤は反対した。関東にへつらい、誠和会に花を持たせるようなものである。この先、義理を嚙むことにもなる。

満足そうに頷き、誠和会会長が新神戸駅の改札口にむかう。若衆が周囲を固めた。改札を通り過ぎ、会長がふりむく。見送りの集団がまた腰を折った。

佐伯と五十嵐を除く執行部の面々と幹部が顔をそろえている。

三々五々、構内を出て行く。烏どもはそれぞれの縄張りに散るのだ。

成澤は煙草をくわえた。

「兄弟」事務局長の鈴井が言う。「どうするのや」

見送りのあとで話がある。成澤はそう伝えていた。

「ケーキを食おう」

言って、成澤は歩きだした。

行く店は決めている。駅から海にむかって歩けば五分とかからない。

生田川沿いに坂道を下り、右に折れた。

喫茶店『G線』に入った。三宮センター街にもある。成澤は、女の客で賑わうセンター街店よりもこちらを好んでいる。

窓際の席に座った。

路肩に三台の車が停まり、かたわらに成澤と鈴井の若衆らが立っている。

フレアスカートのウェートレスが水を運んできた。笑顔のかわいい女だが、成澤の席に近づくと表情がぎこちなくなった。

気にしない。どの店に行ってもおなじだ。

「ショートケーキとチーズケーキ」鈴井に声をかける。「兄弟は何にする。ここのショートケーキは絶品や。モンブランもいけるで」

「あかん。身体に毒や」

鈴井は糖尿病を患っている。

紅茶とコーヒーも注文し、煙草に火をつけた。

「胡散臭い爺や」

「誰のこと」

鈴井が怪訝そうな顔で訊いた。

「誠和会のタヌキ爺よ。さっき矢島とひそひそ話をしていたわ」

「俺も見た。矢島の叔父貴はぺこぺこしていた」

「矢島の魂胆は見え透いとる」

「どう」

「佐伯代行の後見人になってほしいんや」

「えっ」鈴井が頓狂な声を発した。「それ、四代目の話か」

「ああ。前の若頭の一周忌法要が済めば、そういう話が持ちあがる。佐伯は色気たっぷり。根回しにぬかりはない」

顎を引き、鈴井が顔をしかめた。

「今回の廻状もそのひとつや。佐伯代行は、若頭の反対を押し切って、裏切り者を処分したと、あちこちで吹聴している」

「ほんまか。聞き捨てならんぞ」

「気に入らんことはほかにもある」

ウェートレスがドリンクとケーキを運んできた。

煙草を消し、成澤はフォークを持った。ショートケーキを頬張る。生クリームが口の中で溶けた。続けて手を動かす。

「兄弟。食ってる場合か。ほかにもあるのなら話せ」

無視し、ショートケーキをたいらげた。紅茶を飲んで顔をあげる。

「青田が矢島と手を組んだ。水谷も加わって暗殺隊を組んだそうな」

「どこからの情報や」

「水谷組の幹部のひとりと縁がある。しのぎの絡みでな。そいつは同格の安井と反りが合わん。で、俺には何でも喋る」成澤は片目をつむった。「安井は組長の名代として矢島と会うてるらしい」

言って、成澤はチーズケーキを口に運んだ。

「そんなまねはさせん。証拠を摑んで……」

「悠長な」成澤はさえぎった。「その間に銃弾が飛べばどうなる。やつらの手柄は佐伯の手柄。こっちは後継争いで一歩も二歩も後れを取る」

鈴井の顔が赤らんだ。これほど感情を露にするのはめずらしい。

「ほな、どうする」

「わかり切ったことを訊くな。先手を打つ。ほかはない」

「若頭を裏切るのか」

鈴井が食ってかかるように言った。

「逆や。若頭のために、俺はやる」

「おまえが聞いた情報がでたらめだったらどうする」

「それはない。俺とおなじで、情報元はカネに目がない。俺を裏切ればしのぎを失くすどころか、冷や飯を食うはめになる」

鈴井があんぐりとした。

「暗殺隊の件、佐伯代行も承知なんやろか」

「知っていても知らんぷりやろ。矢島らの手柄は己の手柄。矢島らがしくじれば我関せずでそっぽをむく。その程度の男よ」

「ぼろくそやな」

鈴井があきれ顔で言った。

「のう、兄弟。俺は寝ても覚めても若頭が四代目になることだけを考えとる。ひいては俺らの未来につながる」

「それは前にも聞いた。けど、俺らが勝手に動けば若頭に迷惑がおよぶ」鈴井がひと息つく。「なんで、気が変わった。矢島らのせいか」

「状況が変わった。廻状がまわって、親睦団体が味方についた。戦争を仕掛けるにはこの上ない。機に臨み変に応ず。臨機応変は俺のポリシーや」

「むずかしいことを言うのう」

「あほな連中は、かしこい俺を妬んで、寝業師とぬかしよる」

「若頭に相談してはどうや」

「あほか」

吐き捨てるように言った。鈴井と話していると苛々する。優柔不断はいつものことだ。が、鈴井は緩衝役である。単独では五十嵐の意に逆らえない。

成澤は煙草で間を空けた。

「兄弟も腹を括れ。ここが正念場。俺らのためや」

「…………」

鈴井が眉尻をさげた。

まよっているのがありありとわかる。口をつぐみ、鈴井の決断を待った。腹立たしくても我慢は利く。己の野望を果たすために鈴井は欠かせない。

ややあって、鈴井が口をひらいた。

「俺は兄弟と組んでもええ。けど、一神会の誰を殺っても、執行部の総意に背いた俺らは吊しあげられる」

「それは矢島らがやってもおなじよ。けど、一時的なもんや。勝てば官軍。さすがは神侠会の本流と、褒め称えられる」

「…………」

鈴井の瞳が左右にゆれた。ほどなく動きが止まり、眼光が増した。

「わかった。俺も胆を据える。で、誰を殺る。松原か、美山か」

成澤は胸でほくそ笑んだ。鈴井にしては決断が早かった。

「敵は美山。あの野郎、八つ裂きにしてもたりん。再開発の利権だけやない。俺が朝鮮総聯を動かしたのに、新開地の商店街の連中は美山に義理立てしよる。谷口組の件もある。兄弟もおなじ思いやろ」

「あたりまえや。美山を的にかけるなら、俺が先頭に立つ」

鈴井がまくし立てた。

「その言葉、心強い。が、美山は避けようと思う」

「なんで」

「美山は穏健派とか日和見とか言われていたけど、本性は違う。神侠会の前の幹部らが散々手を焼いていたのに、青田若頭の首に鈴をつけようとした。あの場に藤堂があらわれなかったら神侠会は割れんかった。俺や兄弟の出番もなかった」

「なるほどな。けど、喧嘩はどうや。あいつの武勇伝は聞いたことがないぞ」

「美山を舐めたらあかん。俺らが手を打っても、やつは再開発の利権も谷口組の若衆も手に入れた。戦争も覚悟で動いた。それに、美山組は猛者揃いや。団結力は関西屈指。それにまつわる話はぎょうさん耳にした」

一気呵成に喋った。紅茶を飲み、煙草をふかす。

「美山を狙えば返り血を浴びる」

「ほな、誰を」

「松原よ」

「それこそ、美山が暴れる」

鈴井がむきになった。

「そうは思わん」

「なんでや。美山は、松原に忠義を尽くして神俠会を出たんやぞ」

「それよ」声を張った。「松原は一神会のシンボルで、精神的な支柱や。代わりを務められる者はおらん。美山が結束を謳おうと、松原が死ねば、一神会は崩壊する。松原と一神会が消えて無くなれば、美山も気力が萎える」

「それでも、美山なら復讐に走ると思うが」

「ひとりでな。美山はそういう男よ」

「友定は」

成澤はゆっくり首をふった。

「友定組はそっくり松原の遺産や。それを護るのが友定の務め。美山と友定。おなじように見られているが、忠義の質が違う。松原を仕留めたあと、俺らが気をつけるのは、一匹狼になった美山と、義心会の村上よ」

「そこまで考えていたのか」

「敵を知らんで、戦に勝てるか」

ぞんざいに言い、窓のそとを見た。

白い車が停まったところだ。クラウンから中年の男が出てきた。短髪に金縁眼鏡。黒いダブルのスーツの前ボタンをはずし、肩をゆすって歩く。

「末永やないか」

鈴井が声を発した。

末永利夫は西嵐会の会長で、二代目西本組の若頭補佐でもある。西嵐会は五十嵐が立ちあげた組織である。西本組二代目を継ぐさい、末永に禅譲した。

「俺が呼んだ」

成澤はさらりと言った。

喫茶店に入ってすぐピンク電話を使い、末永と話した。

「どうして」

「まあ、見とれ」

にやりとし、成澤はウェートレスに紅茶のお替わりを頼んだ。

末永が入って来て、成澤の前で腰を折った。

「ご無沙汰でした」

「おう。急に呼びだして、すまんのう」

笑顔で言い、席を勧める。

「叔父貴も、お変わりなさそうで」

鈴井にも挨拶してから、末永が鈴井のとなりに座った。

末永がコーヒーを注文するのを待って、成澤は声をかけた。

「若頭に言うたか」

「いいえ。そうしたほうがよかったのですか」

「どっちでもかまへん。けど、若頭の気をわずらわせることもないわ」

「そうですね」

末永が表情を弛めた。

末永とはこの一年ほどのつき合いである。とりつきは三年前にさかのぼる。西本組一門の花会賭博の席で五十嵐に紹介された。極道社会は縁組や放免を祝って、祝儀集めが目的の賭場を開く。花会賭博は互助会みたいなものである。

その当時の西嵐会の主なしのぎは売春、賭博、不良債権の回収だった。五十嵐の会長時代は正業を持っていなかった。

成澤はそこに目をつけた。以前から神戸に足場がほしかった。成澤組が関西一の金満組織になっても、神戸進出は思うにまかせなかった。神戸には神俠会の直参がひしめいている。くしゃみをすればよその事務所に聞こえるほどである。

ある日、成澤は末永を食事に誘った。その席で金融業を始めるよう勧めた。末永はあっさり受け入れた。そうなるとの確信はあった。五十嵐はカネに無頓着な性格だった。西嵐会の金庫がさみしいのもわかっていた。それにしてもあっけなかった。渡りに船。そんな思いだったか。末永は目を輝かせていた。

成澤は貸金業者になる段取りをつけ、当座の資金として五千万円を貸与した。すべて五十嵐の与り知らぬことである。鈴井も知らない。

紅茶を飲んでから末永を見つめた。

「準備は万端か」

「なんの話ですか」

「戦やないか。西嵐会は若頭が束ねていたころからの喧嘩上手や」

末永が手のひらをふった。

「喧嘩はならんと、おやじにきつう言われています」

「建前の話はなしや。西嵐会は若頭が立ちあげた。いわば旗本。その西嵐会が指をくわえて情勢を眺めているとは誰も思わん」

「そうおっしゃられても。おやじの立場があります」

「じれったいのう」

「はい」

言ってすぐ、末永が眉をひそめた。つい口が滑ったか。

「難儀や。立場というものは人を窮屈にする。ましてや若頭は神俠会の要の人や。本人が一番じれったいやろ」

「………」

何か言いたそうだが、声にならない。

「若頭は先代西本組長の子飼いや。本音は先陣を切りたいに決まってる。それを汲んでやるのがおまえの務め。忠義というものや」

「どうしろと」

「俺と組め」

「えっ」

頓狂な声を発し、末永がのけ反った。

成澤は間を空けない。

「俺と鈴井の兄弟、おまえの三人で一神会を叩き潰す」

「それではおやじの立場が……」

「その立場が危うい」語気を強めてさえぎった。「矢島と青田が手を組んだ。水谷も加わって暗殺隊をつくった。背後に佐伯の影がちらついている」

「ほんまですか」

末永が身を乗りだした。目の色が変わった。

「確かな情報や。で、俺は腹を括った。若頭のためや。なんとしても若頭を神俠会のてっぺんに立たせる。俺の悲願よ。それが叶うのなら、俺は処分されてもかまわん。鈴井の兄弟も一緒にやる。おまえは、どうや」

「おやじの本家四代目を心から願っています」

「それなら考えるまでもない」

成澤は笑顔をつくった。

「けど」末永が言う。「どうして自分に」

「俺はおまえを買うてる。わかってるやろ」末永が頷くのを見て続ける。「さすが西本組と思わせるには鈴井の兄弟とおまえの力が必要なんや」

「ありがとうございます」

末永が頭を垂れる。あげた顔からは迷いの気配が消えていた。

「おまえも勝負処や。手柄を立てれば西本組の跡目が見えてくる」

「…………」

末永が目をぱちくりさせた。

思いもよらぬ言葉だったか。五十嵐が神俠会四代目に就けば、西本組組長の座を退くことになる。西本組には跡目候補の若頭がいる。五十嵐の信任も厚いという。

鈴井が眉を曇らせた。不満なのだ。鈴井が西本組の看板に未練があるのは見透かしている。五十嵐がいなければ西本組若頭になれた。口にはしなくても心中はわかる。いまの若頭は鈴井の弟分だったので複雑な思いなのだろう。

鈴井の気持は無視だ。なんとしても西嵐会を味方につける。

「そんな弱気でどうする。西本組若頭とおまえの貫目は互角。おまえが手柄を立てれば西本組の若衆はおまえを持ちあげる。チャンスやないか」

熱くけしかけた。

この件が外部に洩れる心配はない。西本組若頭と末永は反りが合わないと聞いている。末永が五十嵐に報告するとも思わない。貸金業を始めるときも末永は成澤の関与を誰にも話さなかったという。末永の欲は高が知れている。己と組織を潤わせ、それを糧に本家の直系に昇格することである。

末永がくちびるを舐めた。

「時間をください。自分は腹を括りました。が、身内がいます」

「ええやろ。けど、のんびり構えているひまはない。あさってまでや」

言って、成澤は窓に目をやった。

「失礼します」

言葉を残し、末永が立ちあがった。

末永を乗せた車が走り去る。

鈴井がおおきく息をついた。

「ほんま、兄弟は恐ろしい」

「頼りになるやろ」

成澤は窓を見たまま言った。

青空がひろがっている。北の方角に青々とした六甲山脈が見える。

★

★

「これで外濠は埋まった」

佐伯が言った。いまにも高笑いがはじけそうだ。

さきほど、誠和会会長の表敬訪問を受けた。十数年前に幹部同士による複数の兄弟盃が交わされて以降、誠和会とは友好な関係にある。佐伯は誠和会の副会長と五分の兄弟分で、今回の訪問は佐伯の強い要望で実現した。

——廻状が届けば、誠和会の総意として一神会との縁を断つ——

誠和会会長は、神侠会執行部の面々を前にしてそう言い放った。

佐伯が得意顔になるのもむりはない。三日連続で親睦団体の訪問を受けた。九州と京都の暴力団も佐伯が段取りをつけたのだった。

五十嵐は目をつむり、ゆっくり首をまわした。

本家二階の応接室で佐伯と向き合っている。人がいた気配も、熱気も消えた。

「むこうの動きはどうや」

「変わりません」

「そんなわけはないやろ。廻状がまわることは堅気でさえ知ってる。マスコミが派手に騒ぎ立てるさかい。一神会が手をこまねいているとは思えん。そうでなくても谷口の引退で動揺がひろがっていると聞いた」

「それは下の話でしょう。上がどう動くか、見極めている最中です」

「おまえは家康か。慎重になるのも程々にせえ」

「こっちの優位はゆるがない。あわてる必要はないでしょう」

佐伯が鼻の穴をふくらませた。

「切り崩しはどうや」

「あさっての会議で報告します」

「わいは代行や。先に報告せえ」

「直系組長が二人、二次三次の八団体、総勢二百名ほどが復帰を打診してきました。病気を理由に引退をほのめかす直系もいます」

「直系は誰や」

「もうしばらく名前は伏せておきます」

佐伯が舌を打った。

「もどかしいのう。二か月が過ぎて出戻りは千人。白旗を揚げて引退したやつらを加えても千五百人に届かん」

「枝はゆれても幹は根を張っています」

「何をぬかす。めざわりなのは美山と友定だけやないか」

「その二人が厄介なんです。美山組と友定組、その系列をふくめれば優に千人を超える。ここを何とかしなければ一神会は倒れない」

「えらい買いようや。それとも、おじけているのか。情をかけているのか」

「代行」怒声を発した。「俺を、舐めてますのか」

「なにっ」

佐伯の目が三角になった。

五十嵐は睨み返した。

「一神会への対応は俺に一任された。お忘れですか」

佐伯が顎を引く。濁った瞳がゆれた。顎をしゃくる。

「方針を変えたらどうや。同業は味方についた。大義はこっちにある」

「絶縁され、極道ではなくなった連中を攻撃するのは極道の筋目に反する」

五十嵐はもの言いを変えた。相手が代行といえども退けない。

「それはむこうが代紋をはずした場合のことや」

「はずさせる」

「その言葉に二言はないやろな」

「もちろん。それまで動かんでください」

「どういう意味や」

「執行部の総意に背けば、誰であれ処分する」

「おい」佐伯が背をまるめた。「どういう腹があってぬかした」

「矢島の叔父貴が妙な動きをしている。ご存知でしょう」

「知らんな。もっとも、矢島らの心中は察して余りある」

「…………」

五十嵐は口を結んだ。

――矢島と青田が手を組んだ。岡山の水谷も同調している――

けさ、県警四課の中原から自宅に電話があった。

その情報は素直に受け取った。水谷組の安井が頻繁に神戸に入り、矢島と接触しているとのうわさは耳にしていた。

情報の背景に佐伯の影が見える。

しかし、情報と推測を元に話をするのはあやうい。とぼけられたらそれまでだ。矢島らの警戒心が増せば、以降の情報も入りづらくなる。

「わいを威す前に身内を叱りつけんかい」

「誰のことです」

「訊くまでもないやろ」

言って、佐伯がソファにもたれる。しかつめ顔に戻った。

狸オヤジが。五十嵐は胸で毒づいた。口にはできない。お互い様である。顔を合わせるたび腹のさぐり合いが続いている。

「銃弾一発で済むものを」

佐伯がぼそっと言った。

「代行なら誰を的にかけますか」

「美山よ。ほかはクズや」

「返り血を浴びます。美山のそばには村上義一がいる」

「どうあっても美山を護りたいのか」

佐伯の目が光った。

五十嵐は目元を弛めた。挑発には乗らない。「ほかはクズや」佐伯のひと言に異論はない。美山が死ねば一神会は瓦解する。

「まあ、いい」佐伯が腰をあげた。「言質はもらった。たのしみにしてる」

佐伯が去った。

五十嵐はため息をつき、立ちあがる。窓辺に移った。

新緑がくすんで見える。耳を澄ましても鳥の鳴き声は聞こえなかった。


午後五時を過ぎて、五十嵐は神俠会本家をあとにした。何となく居たくなかった。誰とも話したくない気分だった。

自宅マンションの近くで車を降りた。建てつけの悪い戸を開ける。

「早かね」

板場の女将が言った。

日本手拭で頭髪を隠し、白いエプロンをかけている。いつ見てもおなじだ。関西弁を喋るがときおり九州弁がまじる。福岡県八女《やめ》市の生まれで、神戸に住む男の許《もと》に嫁いだという。三十代半ばで夫と死に別れ、ひとり娘を育てるためにお好み焼き屋を始めたとも聞いた。通いだして半年になる。

鉄板をはさんで、女将と向き合った。カウンターだけ、八席ある。

「冷やを。タラコとシシトウも」

五十嵐は左肘を立てた。手のひらに頬をのせ、煙草を喫いつける。

「ひとりね」

手を動かしながら女将が言った。

夜遅くに来ることが多い。日付が替わる時刻まで営業している。混んでいなければ若衆も同席させる。きょうは二人の若衆を車に残してきた。

五十嵐は板場を仕切る暖簾を見た。

「あんたもひとりか」

「娘は六時を過ぎてから。学校があるけん」

会話をするようになってひさしい。が、女将の表情を幾つも知っているわけではない。それが五十嵐を安心させた。ようやく居心地のいい店を見つけた。ふらりと入ったこの店で、そんなふうに思ったことを憶えている。

生田川沿いに似た雰囲気の小料理屋があった。十五歳のとき一緒に故郷を捨てた男が経営していた。その店を出たところで、五十嵐は襲撃を受けた。経営者は流れ弾にあたって、息絶えた。去年の秋のことである。

女将が鉄板の端にアルミホイルを敷き、焼きあがった料理を載せる。手のひらで覆うようにし、タラコにレモンの果汁を絞りおとした。

「嫁はおらんと」

「ああ」

五十嵐は笑って答えた。タラコに七味をふりかけ、口に入れる。酒を飲んだ。

つき合う女はいる。が、所帯を持つ気にはなれない。

——おまえのかあちゃん、尻軽女——

その言葉が耳から離れたことはない。生まれ故郷の群馬の田舎で、何人から聞いたことか。薬売りの行商人も、小学校の担任も母の前ではやにさがっていた。

父は軍隊に召集されて戦死した。

母は大地主の小作人として畑を耕し、細々と暮らしていた。夜中になると母は家をぬけだしていた。あとでわかったことだが、地主の家に通っていたのだ。

嫌な記憶がよみがえりそうになり、五十嵐は頭をふった。

「あんたは独り者を通しているのか」

「通したくもないけど」

女将がはにかむような目をした。

「俺もおなじよ」

行きずりの男と女の会話。そのほうがおちつく。

鉄板に白菜のブツ切りをのせる。シイタケとピーマンもある。蓋をし、そのとなりでエビとイカを炒める。さらに牛肉。焼きあがると蓋を取り、野菜にほかの具材を絡めた。野菜焼きという。淡路島産の甘い白菜が気に入って、いつも食べる。

女将が野菜焼きをアルミホイルに移した。

「ご飯は」

「要らん。酒をもう一本」

言って、もみじおろしをポン酢におとした。

戸が開いた。若い女が入ってきた。白地に紺色のストライプが入ったシャツにジーンズ。髪はポニーテール。女将の娘だ。目が合うと、笑顔を見せた。

「いらっしゃいませ」

感情のこもらない声だった。

女将が水道の蛇口をひねる。シンクを叩く音がした。

五十嵐は箸を動かした。

花隈にある西本組事務所の前で車を降りた。中には入らず、ひとりで夜道を歩く。

幾つかの路地を曲がると、割烹『ゆう』の看板が見えた。

家でぼんやりしているさなかに電話が鳴った。

——優子です。美山が会いたいと。お時間は取れますか——

五十嵐は応じた。

以心伝心。そんな言葉がうかび、頬が弛んだ。

きょうかあすに連絡があるような気もしていた。通話を切り、神俠会本家と西本組事務所に電話をかけた。「八代という女性から電話がありました」どちらもおなじことを言った。八代は優子の旧姓で、優子は五十嵐と美山の連絡役になっている。

藍染の暖簾をくぐり、格子戸を開けた。

「いらっしゃいませ」

あかるい声に迎えられた。

優子は板場にひとりでいた。午後十一時を過ぎた。板前は帰したか。

「ご苦労さまです」

男の声がし、五十嵐は顔を横にむけた。

カウンター席の端に男がいる。立ちあがるところだった。

「宮本です」

五十嵐は頷いた。

顔は見知っている。藤堂のボディーガードだった。声をかけたことはなかった。

なんで、ここにおる。言いかけて、やめた。訊くまでもない。

藤堂が頼んだか、美山が望んだか。そんなところだろう。

「お食事は」優子が言う。

「済ませました」

「そう。では、お酒のあてでいいですね」

優子が言いおえる前に、奥から声が届いた。

「いつまで待たせるねん」

カウンターが十席、つきあたりに、四畳半と六畳の座敷がある。

「まかせます」

五十嵐は優子に声をかけ、奥へむかった。

美山はちいさいほうの座敷にいた。

ジャケットを脱ぎ、五十嵐は美山の正面に座した。

美山が徳利を手にする。

「のんびり風呂に浸かっていたのか」

「そんなふうに見えるか」

言って、盃を手にした。ひと息に空ける。

「おまえのことは頭にない」

「なら、なんで呼んだ」

「ひまつぶしよ。これが最後かもしれん」

「…………」

無言で美山を見つめた。心中が気になる。

襖が開き、優子が入ってきた。

「残りものだけど」座卓に角皿を置く。「岡山の鱧《はも》と淡路島の雲丹《うに》よ」

五十嵐は雲丹をつまんだ。汐の香りのあと、さわやかなあまみがひろがる。初夏からお盆にかけての淡路島の雲丹は五十嵐の舌をよろこばせる。

にこりとして、優子が去った。

「ここからが本番や」美山が言った。

「仕掛ける気か」

「ねぼけたことをぬかすな。こっちは仕掛けられっぱなしや」

「新開地の件か」

「ほかにもある。おかげで身体が幾つあってもたりんわ」

美山が首を左右に傾ける。コキコキと音がした。

「誠和会が来たそうやな」

「ああ」

そっけなく返した。その話がでるとは予測していた。

誠和会幹部の表敬訪問は美山も想定内だったと思う。それでも気になるのだ。誠和会の最高顧問は一神会理事長の松原と五分の兄弟分である。松原と美山はその事実に一縷《いちる》の望みを託していたか。

軆のおとしを食べた。酒を飲み、視線を戻す。

「どうする。絶縁状がまわれば大義を失くすぞ」

「そんなものはとっくに捨てた。逆盃に義や道理はない」

さばさばとしたもの言いだった。

子が親に盃を返すことを逆盃と称し、極道社会では謀反と同義語になる。

「本音を言えば、一神会も三角の代紋を使いたかった。けど、おなじ代紋にすれば衝突は避けられん。それを不安がる連中が多かった」

「松原の叔父貴は」

美山が首をふる。

「理事長は会議でものを言わんようになった」

「なんで」

「知るか」

投げやりに言い、美山が手酌酒をあおる。盃をトンと置いた。

退いたらどうや。声になりかけた。

美山は逆盃や代紋の話をした。愚痴には聞こえなかった。感情を抑えているようにも感じなかった。が、一神会の幹部連中をあてにしていないのは読み取れた。

松原とも距離を置いたのか。ふと思い、すぐに消した。そんなわけがない。

「しんどいか」

声がこぼれでた。

美山が目元を弛めた。意外な表情だった。

「戻ってこい」

やさしく言った。

美山がじっと見つめる。視線はぶつからなかった。

「兄弟が決断すれば、俺は理事長を説得する」

「むりや」

「理事長は一神会と心中するつもりか」

「ほざくな」美山が語気を強めた。「負け戦と決まったわけやない」

「すまん」

五十嵐のひと言に、美山が首をふる。

「勝ち負けはどうでもええ。俺が気に入らんのはおまえの脇のあまさや」

「…………」

五十嵐は眉根を寄せた。口をひらく前に、美山の声がした。

「状況は神俠会に分がある。それは認める。絶縁状がまわれば一神会の勢力は半減するやろ」美山が息をつく。「分裂直後の勢力は一神会のほうが多かった。けど、喧嘩もしてないのに、数が逆転した。なんでやと思う」

「代紋の違いや」

五十嵐は言い切った。ほかは思いうかばない。

美山が薄く笑い、煙草をくわえた。口をすぼめて紫煙を吐く。

「代紋は磨き、育てるもんや。俺は、丸の代紋を背負うと決めたとき、そう腹を括った。が、ほかの幹部連中は違った。己と己の組織を護るのに汲々とした。あほや。根を張らず、幹を育てずに、枝が伸びるか」

「それならなおのこと……」

あとの言葉は美山の手のひらにさえぎられた。

「木を育てる肥やしは何や」

「結束力よ」

美山が何度も首をふる。

「やっぱり、おまえはあまい」

「どういうことや。兄弟も結束を謳うてたやないか」

「和をもって組織を一枚岩にするか」

他人事《ひとごと》のように言い、美山が視線をそらした。

どこか遠くを見るまなざしになった。

神俠会本家の庭がうかんだ。あの庭の何を見ていたのか。

「俺の信条は変わらん。けど、肥やしの質は変わった。俺らの意思とは関係なく。神俠会と一神会の差はそこや。俺は、一神会を預かって痛感した」

「じれったいわ。はっきり言え」

「欲よ。欲の質が変わった。その差がもろにでた」

五十嵐は思わず頷いた。

美山が徳利を差しだし、話しかける。

「俺が極道になった理由、教えたる」

「前に聞いた。美味いもの食うて、いい服着て、ええ女を連れて歩く」

「それは極道にできる精一杯の見栄や。松原組に入り、親分の背中を見ているうちそう思うようになった。見栄を張るために上をめざした」

「…………」

受けた盃を空け、五十嵐は座椅子にもたれた。

俺はどうだったのか。見栄など考えたことがなかった。

故郷を捨て、西へ流れ、何度目かでたどり着いた神戸で、西本勇吉と出会った。闇市で声をかけられ、飯を馳走になった。皆がその日を必死に生きていた。赤の他人に飯を食わせる者がいることにおどろいた。

それからずっと西本のそばで生きてきた。

ただそれしきのことである。

「あたり屋を知っているか」

「ああ」

わざと走行中の車に近づき、自分からぶつかる連中のことである。

一時期、同和地区で頻繁に発生したと聞いている。車にぶつかった者は大声でわめき散らす。駆け寄ってきた仲間と車を取り囲み、運転者から金をむしり取る。

そういう事例の多い場所では運転者も警戒するのだが、徐行すれば子どもや女もぶつかってくるのでなおさら面倒になるという。

多発するあたり屋事件は市民の関心を惹いた。が、警察もマスコミも対策に熱心ではなかった。厄介な人権問題が背景にあったからだ。

「あたり屋だけやない。同和地区の連中は、学校や役所、建設現場にも団体で押し寄せた。差別、差別と声高に叫ぶ。無視されれば現場を占拠する」

美山が盃を手にした。咽が鳴る。

「みじめや。俺は群れを離れた。己ひとりの力で生きる。そう粋がっていた」

「理事長に出会ったのはそのころか」

「ああ。夜の街を闊歩する親分はかっこよかった」

五十嵐は目元を弛めた。

おなじ感慨がある。

松原は華のある男だった。白いスーツを着て、肩で風を切る様はよく憶えている。

対照的に、西本は身なりに頓着しなかった。無骨な男だった。いつも身体から俠気を発していた。その熱に心躍らされたように思う。

「松原組に入ったあとも心構えは変わらなかった。けど、直に気づいた。神俠会の中の景色も生まれ育った町と変わらんことに。そりゃそうよな。神俠会も始まりは同和出身者の集まりだった。気づいたとき、俺は悟った。団結でしか生きられんと。俺だけやない。皆が結束を謳い、敵に牙を剝いた……あたり屋とおなじよ」

最後のひと言はしんみりとした口調になった。

五十嵐は腕を組み、天井を仰いだ。

何を言ってもおこがましい気がする。知らない世界なのだ。ただ、理解はできる。自分も心に疵をかかえて神戸に流れ着いた。

西本は出自や生い立ちを語らず、ややこしい話はしなかったけれど、神俠会の幹部連中の言動にふれ、感じることはあった。

先日の成澤の言葉が引っかかっている。

――戦後三十年やで。同和や在日がのさばる時代はとうに過ぎたわ――

声に憎悪を感じた。こんな男が神俠会の中枢にいる。そう思い、複雑な心境になった。時代の変化と割り切るのは短絡的だろうか。

思慮の沼に嵌まりかけたとき、美山の声がした。

「神俠会は巨大になりすぎた。風船もふくらみすぎれば破裂する。質も変わった。カネ儲け主義の在日の連中が擡頭し、おちこぼれの日本人も増えた。そうなれば、多民族国家や。結束を謳おうと、その意味は違ってきた」

五十嵐は眉をひそめた。

俺もおちこぼれの余所者か。声になりかけた。が、思いあたるふしもある。日本人は幹部になれない。そう思っていた時期がある。

「鋼の団結力。かつての神俠会はそれがすべてだった。堅気の世界もおなじや。きょうを生きることに汲々とした国民は、平和を取り戻したことで、家族のため、会社のため懸命に汗をかいた。はちきれんばかりの夢を抱いた。夢を実現するために精一杯の欲をかいた。マイホームにマイカー……俺の見栄などかわいいもんよ」

美山が目を細めた。うそっぽい笑みに見えた。

五十嵐は苦笑を洩らした。世間の夢も抱いたことがない。

「三代目が団結を説き、先代の西本組長や松原の親分がそれを率先した。おなじ道を通ったはずの佐伯や矢島らは、神俠会の本質を忘れ、魂を捨てた。割って出た大村や谷口もおなじ。どっちも極道の義とは無縁の連中よ」

淡々としたもの言いだった。

ずっとそうだ。

五十嵐は美山の心中を思った。諦観か、覚悟か。そんな言葉がうかぶ。が、人の心にふれるのはむずかしい。美山はなおさらだ。

「兄弟」

声がして、五十嵐は瞠目した。初めて兄弟と呼ばれた。

「盃を割るか」

胸に沁みる声音だった。目がやさしくなっている。

「親不孝はせん。兄弟が三途の川を渡るとき、棺桶に入れてやる」

「……………」

「近々、ここで会おう。それまで死ぬなよ」

「死ぬのはおまえに撃たれるときや」

言って酒をあおり、美山が頬杖をついた。

五十嵐はジャケットを手にした。

優子は板場で手を動かしていた。

それを見つめるように、宮本は両肘をカウンターにのせていた。

「遅くまですみませんでした」

優子が首をふる。タオルで手を拭った。

「ハイヤーを呼びましょう」

「結構です。事務所に寄るので歩きます」

事務所に用はない。が、歩きたい気分になっている。

「宮本」座敷から声がした。「送って行け」

「はい」

宮本が立ちあがり、格子戸を開けた。

「兄弟を、頼みます」

優子に声をかけ、五十嵐はそとに出た。


重い空気が皮膚を圧し、絞りだされるように汗がにじんだ。

見あげた空には黒雲が垂れ込めている。風はそよとも吹かなかった。

「方向が違いませんか」

宮本が言った。右手はジャンパーの中に隠れている。

肩をならべて歩いている。

「うちの事務所を知ってるのか」

「何度か親分のお伴で行ったことがあります」

「事務所に入ったことは」

「ありません。中は安全でしょう」

宮本がほほえんだ。

「さっきは店の中にいたが」

「姐さんに声をかけられました。美山の叔父貴も中にいるようにと」

五十嵐は目で笑った。

俺と兄弟がもめるとでも思ったか。意地悪な質問はやめた。本音が声になる。

「兄弟がうらやましい。できた嫁や。女将には風情もある」

「風情、ですか」

「そうよ。女将は二代目でな。あの店の二階で生まれ育った」

亡き西本は先代の女将が健在だったころ足しげく通っていた。美山と優子の縁のとりつきは西本であった。西本が美山を食事に誘ったと聞いている。

——この街を歩いていると気分がおちつく。教養も学もないさかい上手くは言えんが、風情がある。賑やかなだけの東門とはえらい違いや――

西本は夜の散歩を好み、五十嵐はいつも伴をした。色がある。香りがする。そう言って、西本は色街に恋していた。人見知りが激しく、愛想が苦手なのに、この街の人に声をかけられると、手をあげて応えていた。

先代女将が引退し、美山と優子が結婚したあと、店に行かなくなった。もっとも、そのころの西本は刑務所暮らしが長かった。

「藤堂は二階に居候をしていたそうやな」

「はい。俺は毎晩、女将さんに車まで夜食を運んでいただきました」

「そうか。で、面会に行ってるか」

「はい」

「元気か」

「はい」あかるい声で言う。

あれこれ訊くこともないか。そう思う。神俠会が分裂する直前、五十嵐も面会に行った。顔を見たくなった。面倒な話をするつもりはなかった。手も足もだせない檻の中で、気をもませるのは酷というものだ。

「兄弟の世話になるのか」

「もう充分お世話になっています。けど、美山組の盃は受けません」

「藤堂は、長いぞ」

「そういうことではなくて……」語尾が沈んだ。

けじめか。筋目か。そういうことなのだろう。

路面があかるくなった。

宮本がふりむく。腰がおちた。拳銃をぬき、背に隠した。

後方から来た車はかたわらを過ぎ、走り去った。

宮本が息をつく。

五十嵐は路地角を折れた。二百メートルほど直進すれば西本組事務所に着く。

気まぐれはやめた。西本の伴をしていたときのことを思いだした。

★　★

エスカレーターで二階にあがり、喫茶店『エリーゼ』の扉を開けた。やたらひろい。

客席は五十以上ある。店内にはクラシックが流れていた。

奥の席に県警四課の中原がいた。

村上は正面に座った。

「ひとりか」中原が言う。

「五郎は下や。あんたと一緒なら安心やろ」

「どうかな。拳銃をむけられたらおまえを盾にするかもしれん」

「なら、それまでよ」

そっけなく返し、ウェートレスにコーヒーを頼んだ。

「本部の様子はどうやった」

「お通夜よ」

中原がこともなげに答えた。

けさ、神俠会の廻状がまわった。一神会本部には神俠会事務局長の鈴井が書状を届けに来た。弁護士が同行し、捜査四課の刑事も寄り添っていたという。

それを受けて、美山は幹部らを招集した。美山からの電話で、午後一時から本部二階で緊急の会議を行なうとも聞いた。

なぜ電話をくれたのかわからない。本部にこいとも言われなかった。

「この世のおわりのような顔をしているやつもいた。会議が始まったあとも事務所の前で様子を見ていたが、欠席した者もおるみたいや」

「誰や」

「元木と丸本、松岡の顔も見なかった」

「ふん」

鼻を鳴らし、煙草をふかした。

三人とも大村副理事長の腰巾着だ。大口を叩くが、腰はまるでない。

「会議のあと、大村が記者会見を開くそうな」

「あほくさ。極道社会から村八分にされ、堅気の人たちに泣きつくんか」

中原が声を立てて笑った。

近くの席の人らが眉をひそめた。中原もなかなかの極道面だ。

「ぼろくそやな。見切りをつけたのか」

「端から相手にしてへん」コーヒーを飲む。「例の件、わかったか」

美山と宮本の三人で遊んだ翌朝、中原に連絡を取り、依頼した。

「宮本が成澤組の者を刺したのは事実や。けど、事件にはなってない。宮本と、元谷口組の平山が成澤の事務所のまわりをうろついていた。で、成澤組の者が声をかけ、トラブルになった」

「大阪の事件にしてはくわしいやないか」

「鈴井に近い四課の同僚に聞いた話や。大阪府警のキャリア様から兵庫県警本部に問い合わせがあった。それを受けて、同僚が動いた。事情聴取で、車の所有者は平山に車を貸したが、行く先は聞かなかったと。平山はべらべら喋ったそうな」

「宮本も事情聴取を受けたのか」

　中原が首をふる。

「そこまでやれば、厄介をかかえるはめになる。粗筋だけを報告したと聞いた」

　肩が軽くなった。ソファにもたれ、煙草をふかす。

「吉川のこともわかった。矢島と青田が手を組み、水谷も加わった。矢島と仲良しの同僚に聞いた話や。高い飯と女をねだられたわ」

「なんぼや」

「カネは要らん。夏物のスーツがほしい。しゃれたネクタイをつけてくれ」

「お安い御用よ。で、三人が結託してどうする」

　中原が首をひねった。さぐる目つきになる。

「おまえ、隠していることがあるやろ」

「なんの話や」

「吉川が矢島の家に行った夜、ほかに二人が矢島を訪ねていた。水谷組の安井と、元谷口組の稲田や。乾分が監視しているのやさかい、知らんとは言わせん」

「報告は受けた。が、あのときは誰かわからなかった」

うそではない。義心会の事務所で中原と話している最中に素性が知れた。

「まあ、ええ。ついでの話やが、稲田は松葉杖をついてる」

中原がにやりとした。

「兄貴か」

「どっちの兄貴や。美山か、友定か」

「くだらんことをぬかすな」声を荒らげた。「なんで稲田を痛めつけた。兄貴は、稲田が矢島の家に行ったのを知っていたのか」

「そんなことは美山に訊け」ぞんざいに言う。「同僚によれば、稲田のほうから矢島にすり寄ったと。自分の身内共々、矢島組に入りたいと頭をさげたそうや」

「腐れが。俺ならぶち殺してる」

「雑魚を殺って刑務所に行くわけにはいかんやろ」

「俺をあおってるのか」

「止めてほしいか」

中原がたのしんでいる。

村上は黙った。口では勝てない。美山が泣くぞ。最後にはそう言われる。県警のはぐれ鳥。八方美人で、誰とでもつるむ。中原はそう嘯《うそぶ》く。だが、中原の立ち位置は変わらない。心は美山をむいている。

それは確信としてある。

「昼飯を食い損ねた。つき合え。ガード下に行こう」

言って、中原が伝票を手にした。安い店ではいつもそうする。

「冷麺か」

「ほかはない」

にべもなく言った。

三宮の高架下に美味い冷麺を食わせる焼肉屋がある。目と鼻の先だ。近くで、からからと笑う声がした。

視線をむけた先、三人の中年女が歯茎をさらしていた。

村上は、自分がばかにされたような気がした。

冷麺を食べて中原と別れた。路肩の公衆電話ボックスに入る。

《はい。一神会本部》張りのある声がした。

「村上や。会議はどうなった」

《先ほどおわりました》

「若頭はおるか」

《はい。お待ちください》

「代わらんでええ。そっちに行くと伝えてくれ」

通話を切り、煙草をくわえた。流れる紫煙を目で追う。映画の看板が見えた。

野球帽を被った丸顔の少年が描かれている。タイトルは『ドカベン』。看板の上のほうに〈東映まんがまつり〉とある。映画を観なくなってひさしい。

東映の《仁義なき戦い》が最後だったか。マスコミは作品を褒め称えたけれど、村上は白けた。実録ものでリアルというが、しょせん映画人が作った代物である。半端なリアルさにうんざりした。昭和四十年代の、実際はあり得ない任俠映画のほうが感動した。高倉健や鶴田浩二はかっこよかった。

煙草を捨てた。靴底で踏みつぶし、車の助手席のドアを開ける。

「どちらへ」五郎が訊く。

「一神会の本部」

村上は目をつむった。一神会の本部事務所まで車で五分とかからない。それでもそうしていたくなる時間が増えた。

五郎を連れて一神会本部に入った。

静かだった。「お通夜よ」中原の声が鼓膜によみがえった。七人の若衆がいる。挨拶の声は元気でも、皆の顔は生気に欠けていた。

「お待ちください」

美山組の叉賀が言い、受話器を手に取る。短いやりとりで受話器を戻した。

「若頭は降りてくるそうです」

頷き、村上は視線をふった。

隅の椅子に宮本が座っている。宮本もうかない顔をしていた。

「どうした」

「どうもしません」表情が弛んだ。「歌が上手いですね」

「おちょくってるのか」

笑顔で返した。

鮨屋のあと、東門のクラブで遊んだ。気分が高揚していた。美山と飲み歩くのは半年ぶりだった。ついはめをはずし、アコーディオンの伴奏で歌った。北島三郎の『関東流れ唄』。機嫌のいいときの松原が歌っていた。村上は三曲しか歌えない。高倉健の『網走番外地』と北島三郎の『帰ろかな』。美山はムード歌謡ばかり歌う。石原裕次郎の『粋な別れ』は聴き入ってしまう。

階段を踏む音がして、美山があらわれた。手に上着をさげている。

「行くぞ」

「はい」

短く答えた。

どこへ。質問は憚られた。美山の頬に険が走っている。

宮本が玄関のドアに手をかける。五郎もかたわらに立った。

「俺の車で行く」美山が言う。

「北野町に帰れ。あとで連絡する」

村上は五郎に指示し、美山のあとを追った。

ＢＭＷの後部座席に美山と乗った。

美山が宮本に声をかける。

「大倉山や」

村上は目をまるくした。

「会議はおわったばかりでしょう」

「その報告や。理事長はこんかった」

ぶっきらぼうに言った。

車が動きだした。約十五分で松原邸に着く。

村上は美山の横顔を見つめた。険はさらに濃くなっていた。

「どうしました。会議がこじれたのですか」

「こじれるもなにも。話にならん」

「…………」

村上は口を結んだ。

腹に据えかねているのか。近寄りがたい気配がある。幾度か経験している。それに臆したわけではなかった。気配を隠さずに松原に対面すればどうなるのか。想像したくもない。脇腹を冷たいものが滴りおちた。

庭が見えない。右のほう、白いレースが薄紫色に染まっていた。カーテンがゆれても藤の香りは届かなかった。

「うっとうしいわ」

松原が忌々しそうに言った。床の間を背に胡坐をかいたところだ。白い長袖ポロシャツに紺色のコットンパンツ。自宅でも軽装の身なりはめずらしい。

「警察に警告されたのですか」美山が訊く。

周囲の道路にはパトカーが徐行し、門前には88ナンバーの車が停まっていた。路地角には制服警察官の姿もあった。

「ガラス戸も障子も閉めろとうるさい」

言って、松原が茶碗を手にした。ゆっくり飲む。

美山が口をひらく。

「会議の内容ですが、取り立てて報告することはありません」

「大村と友定の様子は」

「二人とも廻状の件は冷静に受け止めているようでした。想定内ですからね。が、対応については意見が分かれました。副理事長は直系一人ひとりと面談し、意思の確認を行なうべきだと。身近にいる三人が会議を欠席したことで動揺したのでしょう。友定は、いまさらそんなことをしても意味がないと一蹴しました」

「口論にはならなかったのか」

「はい。ほかの出席者からは声があがりませんでした」

「おまえは。考えを言ったか」

「この期に及んで、何を言うのですか」

美山の声が強くなった。

村上はちらっと美山を見た。横顔は険しいままである。

松原が小首をかしげた。「おまえの考えを言え」

「五十嵐に会ってください」

「会うてどうする」

「引退を宣言してください」

「…………」

松原が眉根を寄せた。

おどろいたふうはなく、悲しそうにも見えた。

そうか。村上はひらめいた。美山は松原を安全な場所に置きたいのだ。松原の引退が一神会の解散につながらないのも悟った。

「理事長の役目はおわりました。松原宏和なくして一神会は誕生しなかった。佐伯の横暴に反発した連中を束ねたのは理事長です」

「割るしかなかった。身内のタマの獲り合いはうんざりや。みっともない。せめて、おまえの労が報われていれば」

言葉を切り、松原が座椅子にもたれた。口を結び、視線をあげる。

ようやくわかった。松原も美山も内部抗争を回避したかったのだ。理事長が苦渋の決断をしなければ、神俠会は血で血を洗う修羅場になった。

美山は誰よりも和による神俠会の結束を望んでいた。それがために心は傷つき、己の小指を失くした。決意の行動は裏目にでて、神俠会分裂のとりつきになった。

松原は、美山の意を汲んで神俠会を離脱したのか。それがわかっているから、美山は松原の決断に従ったのか。そんなふうにも思えてきた。

松原の目に力が戻った。

「一神会はおまえの胸ひとつ」

「俺は後悔しています」

美山が声を絞りだすように言った。

「なにを」

「理事長を引退させればよかった」

「そうすれば、おまえはどうした。神俠会に残ったか」

「わかりません」

　ひとつ息をつき、松原が座椅子から背を離した。

「一神会はどうする」

「俺が育てます」

「昔の神侠会のようにか」

「ほかに、方法を知りません」

「変わらんのう」

　松原の目がやさしくなった。が、つかの間だった。

「どう動く」

「幹部の意思を確認します」

「大村とおなじ……わけはないか」

　美山が笑みをこぼした。

「護る気はありません。闘う意思があるかどうか」

「皆が腰を引いてもやるのか」

「はい。一神会の若頭として当然です」

「一神会を護るのも若頭の務めやと思うが」

「一神会に護るものがありますか」

「………」

松原が肩をすぼめた。

村上は固唾をのんで二人のやりとりを聞いていた。禅問答のようだった。互いの腹を確認しているようにも感じた。

「ただし」美山が声を強めた。「理事長の引退が条件です」

松原がため息をついた。

「おまえを連れて出たのは間違いだったかもしれん」

「どうでもいいです」

取りつく島もない口調だった。

松原が目をつむる。

村上は息苦しさを覚えた。視線をふる。カーテンは垂れさがっていた。庭に飛びだしたくなった。叫んで空気を動かしたかった。

美山は覚悟をもって松原を訪ねた。こういうやりとりになるのは想定内だったと思う。なぜ自分を誘ったのか。意図があったのか。偶然だったのか。一神会本部を訪ねなくても、自分に声をかけたのか。幾つもの疑念が湧いた。

「ギイチ」松原が目を開けた。「おまえはどう思う」

「何をですか」

「話を聞いてなかったのか」

「聞いていました。けど、自分には関係ないことです」

松原があんぐりとした。

「まったく。おまえらはどうしようもない」

「…………」

村上はどう返せばいいのか、わからなかった。

「廻状がまわり、一神会は極道社会からつまみだされた。おかげで迷いが消えた。俺は、きょうが一神会の誕生日だと心に決めました」

言って、美山が座布団をはずした。正座に構える。

「五十嵐に会ってください」

美山が頭をさげた。

松原は無言だった。

廊下を踏む足音がして、襖が開いた。姐が顔を見せた。辛子色のワンピースの上に割烹着。いつもと変わらぬ笑顔だった。

「あんたら、晩飯を食うのやろ」

「ごちそうになります」

美山が答えた。

「自分は失礼します」

村上のひと言に、松原が反応した。

「どうした」

「人に会う約束があります」美山にも声をかける。「これで失礼します」

「俺の車を使え。宮本には戻ってくるよう伝えてくれ」

「はい」

村上は腰をあげた。

廊下を歩くさなかに松原の声が聞こえた。

「難儀な男や」


玄関を出て、庭の端に立った。

西陽を浴びる藤の花穂に見惚れた。あと一週間もすれば満開になるだろう。

ＢＭＷの助手席に乗った。

「送ってくれ。送ったら戻ってこいとのことや」

「わかりました。で、どちらに」

「北野町に」

村上は煙草をくわえた。辛い。咽が渇いている。

車が動きだした。

美山はどうして自分を誘ったのか。また思った。

――一神会に護るものがありますか――

美山の声が鼓膜に残っている。

――……俺は、きょうが一神会の誕生日だと心に決めました――

秘めていた覚悟ゆえに、これまで自分を自由にさせていたのか。きょうは己の意思を聞かせるために同行させたのか。

それなら要らぬ気遣いである。とっくに腹を括っている。

紫煙を吐き、宮本を見た。

口数のすくない男である。どこか藤堂に似ている。

美山と三人で遊んだ夜を思いだした。宮本はたのしそうだった。それでも、はしゃぐことはなかった。美山に命じられ、マイクを握った。ひどく音痴だった。宮本の額に汗が光っていた。美山が目を細め、手を叩いた。

「あした、時間が取れるか」

「いまは返答できません」

美山を意識しての言葉なのはわかる。

「兄貴には内緒や。折り入って相談がある」

わずかな間が空いた。

「わかりました。何とかします。何時がいいですか」

「晩飯を食おう」

「いまお約束はできませんが、そのようにします」

「あしたの昼に連絡をくれ。俺の事務所におる」

言って、村上は前方に目をやった。

西の空が朱鷺色に染まっている。以前にも見た。季節は憶えていない。松原か美山か。どちらと一緒だったか。それも思いだせなかった。

★　★

夜空に白亜の城がうかんでいる。

姫路城を正面に見て左折し、吉川克己は魚町通に入った。播州の歓楽街である。古くからバーやスナックが軒を連ねている。午後十時を過ぎて、街は賑わっていた。若者も高齢者もいる。皆がたのしそうに見えた。

通りの中ほどの路地に入った。五階建て雑居ビルのエレベーターに乗り、三階で降りた。男のがなり声が聞こえる。

吉川は眉をひそめて息をつき、スナック『はる』の扉を開けた。鼓膜がふるえた。油蟬が束になって鳴いているかのようだ。

「おう、兄弟」

男がひと声はなち、またマイクにむかって声を張りあげる。京山幸枝若の『会津の小鉄』。関西の極道者が歌う定番の曲である。神戸では替え歌も流行っている。

十五平米ほどのちいさな店だ。手前には六人が座れるカウンター。奥にベンチシートがある。ベンチシートの中央にふんぞり返って肥満の男が歌っている。青田組舎弟頭の金城。両脇と正面にホステス。端に二人の乾分が控えていた。

ほかに客はいない。下手な歌を聞かされて早々に退散したか。

カウンターの中にいる女が肩をすぼめた。妻の春美である。

金城に手招きされ、吉川は奥へ進んだ。金城の斜め前に座る。

曲がおわり、金城がマイクを置いた。

「嫁が恋しくなったんか」

「そんなところです」そっけなく言う。「兄貴はご機嫌ですね」

「これも男の務めよ」

「はあ」

「姫路と、この店の心配はせんでええ。男になって帰ってこいや」

目が三角になる。

遊びの場で言うことか。吉川が身内を連れて神戸に潜伏していることは極秘で、青田組の幹部数名しか知らない。

「なんや、その目は」

金城が声をとがらせた。

乾分らの目つきも変わった。ひとりは左肩を突きだした。

「俺は店の守りをしてやってるんや」

「…………」

頼んでない。声になりかけた。『はる』は娘が生まれて二年後に開業した。先代の青田組組長は店に近づかなかった。組の関係者も出入りしなかった。

「たのしんでください」

吉川は腰をあげた。我慢は苦手だ。兄貴分であろうと腰は引かない。が、神戸の話になるのは避けたかった。

カウンターに座るや、金城のだみ声が響いた。

「気分直しや。おまえら、踊れ。俺がしっとり歌うたる」

曲が流れだした。ちかごろ有線放送でよく耳にする。森雄二とサザンクロスの『足手まとい』だったか。ホステスと乾分らが立ちあがる。

金城が女の尻を叩いた。

「抱きつけ。チークダンスや」

高笑いし、マイクを構えた。

おまえが足手まといや。吉川は胸で毒づいた。


午前一時を過ぎて『はる』を出た。魚町通を西へむかう。橋を渡ってすぐの、川沿いのマンションに住んでいる。『はる』から徒歩十分の距離にある。

春美と肩をならべて歩いている。

「カラオケ、いつ入れたんや」

「ゴールデンウィーク明けよ。青田組の親分が来てさ。カラオケのリース業を始めたからお店に置かせてくれって」
三、四年前からエイトトラックと称するカラオケテープが出回るようになった。昭和五十年代になると急速にひろまり、三宮東門でも設置する店が増えた。
「応援してやると言われて、あの人らが来るようになってん」

「迷惑な話や」

吉川のあとに二組の客が来たが、三十分と居ないで去った。

「カラオケ好きの人もいるけど、あの人らがいると順番がまわってこんのよ」

「あした、親分に話して、店に出入りさせんよう頼むわ」

「親分も親分よ」

刺々しく言い、春美が足を止めた。

橋の中ほどにさしかかっていた。川渡りの風はひんやりしている。

春美が欄干に背を預けた。バッグからパッケージを取りだし、煙草をくわえる。

「喫いだしたんか」

「気晴らしよ」

言って、ライターで火をつけた。風が紫煙をさらう。

「あの人らは何やの。あんたが身体を張っているのに。先代の親分が死んで半年しか経ってないのに毎晩遊び歩いて。魚町の人も眉をひそめてるわ」

「ほっとけ」

吉川は投げやりに言った。

煙草をふかし、春美が見つめる。

「どうなん」

「なにが」

「やるの」語尾がはねた。「それで帰って来たの」

「親分に呼ばれた」

うそをついた。自分のほうから面談を求めた。

「おカネは大丈夫なん。工面しよか」

「かまへん。店のカネをくすねて、すまんと思うてる」

「そう思うんなら、戻って来て」

「そうは行かんねん。先代に恩義がある。わかってるやろ」

春美が煙草を川に投げ捨てた。目つきがきつくなる。

「あんたが恩義を感じることない」腹立たしそうに言う。「渡りに船やった。あの人はうちが子をはらんでいるのを知ってたんよ」

「親の女に手をだしたんは事実や」

声に苛立ちがまじった。春美の話をうそだとは思わない。おなじことを邪推していた時期もある。それでも、春美を手放したくなかった。

「あんた。あほなことは止めとき」

春美が吉川の右腕をゆする。

されるにまかせた。

「極道は皆クズや。身勝手で、周りに迷惑ばかりかける。あんたも……」

吉川は春美を抱きしめた。

「かもしれん。けど、俺はおまえに惚れとる。娘もかわいい」

「あんたは、あほや」

春美が顔をあげた。くしゃくしゃになっていた。

ちいさなベッドの上で、五歳の娘が背をまるめ、目をつむっている。

「おふくろさんは寝かしつけてから帰るんか」

吉川は小声で訊いた。

春美が『はる』にいる間は義母が娘の面倒を見ているという。義母は極道者を嫌っている。吉川も例外ではない。子ができたと聞いて渋々結婚を認めた。五キロほど離れた実家からバスで通っていると聞いた。

「たまに泊まるけど」

「おとうちゃん」

春美の声に娘のそれがかさなった。娘が目を開ける。

吉川は腰を折った。顔を近づける。

「起きてたのか」

「うん」

娘を抱きあげた。それで気づいた。娘の頬にひっかき傷がある。

「どうした。転んだのか」

「喧嘩した」

「誰と。なんで」

「おとうちゃんの悪口言われた」

吉川は眉尻をさげた。

言葉をさがすうちに春美の声がした。

「もう寝なさい。あさ起きたら、おとうちゃんと朝ご飯を食べよ」

「うん」

娘の口元にえくぼができた。

吉川は娘をベッドに戻した。やはり、かける言葉がうかばなかった。


翌朝七時に起き、三人で朝食を食べた。賑やかな食卓だった。

支度を整え、家を出た。川沿いを南へ下り、娘を幼稚園まで送った。昨夜の娘の話が気になったけれど、娘はそうされることを望んだ。

路地角の煙草屋の赤電話を使い、嘉男を呼びだした。きのう、嘉男は吉川を魚町で降ろし、加古川の実家に帰った。寛いだか。元気な声だった。

国鉄姫路駅の近くの喫茶店で待ち合わせた。モーニングセットを二つ頼み、パンも茹でタマゴも嘉男に食べさせた。朝飯を食い損ねたという。


車で魚町にむかい、青田組事務所の前で降りた。鉄筋三階建て。玄関の近くにパトカーが停まっている。助手席の制服警察官が窓から顔をだした。

吉川は玄関の前で足を止めた。

看板が二つ掛かっている。『播州興業』のほうは初めて見た。

事務所に入った。五人の若衆がいた。奥のドアに〈社長室〉のプレート。それも初めて目にした。ノックし、ドアを開ける。

青田はおおきなデスクに座り、ペンを握っていた。書類の束がある。

吉川は青田の正面に立った。

「嫁が世話になっているそうで、ありがとうございます」

丁寧に言った。

「カラオケか。子らの生活の面倒を見るのも親の務めよ」

「いつ始めたのですか」

「春に。本家の佐伯代行が代理店を始めてな。姫路方面は頼むと言われた。ことわるわけにはいかん。まあ、めんどいが、本家に納める上納金の穴埋めにはなる」

青田がしかつめ顔で言った。

お釣りがくるでしょう。声になりかけた。

「ご厚意は感謝します。けど、お気遣いは無用に願います」

「ん」青田が顎をあげる。「そら、どういう意味や」

「嫁の店は堅気の客で持ってますのや。先代も配慮してくれました」

青田が顔をゆがめた。

「ふた言目には先代、先代と。その割には朗報が遅いわ」

聞き流し、頭をさげた。

「よろしくお願いします」

「わかった。経費が減って、こっちも助かるわ」

嫌みたっぷりに言ってソファに移る。

吉川が正面に座ると、青田が顔を寄せた。

「まだか」

「近々、実行します」

「きのう廻状がまわって、イケイケの連中はしゃかりきになっているそうな。おまえも大口を叩いたんや。後れを取るなよ」

「必ず。その前に、お願いがあります」

「まだあるんか」

「乾分らの面倒を見てください」

「姫路に残っているやつらか」

「いいえ。俺と行動を共にする三人です。ことをやり遂げたあと、時機を見て自首させますが、それまでの逃走資金と、身内の援助を。俺に甲斐性がないさかい、こうしてお願いにあがりました」

「ふん。雇われの殺し屋じゃあるまいし。おまえの忠義は張りぼてかい」

吉川は奥歯を嚙んだ。何を言われようと我慢するしかない。己の一念を貫き通すために乾分らの人生を預かるのだ。

「乾分の面倒を、お願いします」

「矢島の叔父貴に頼め。暗殺隊の元締や」

「手を組んだのは親分でしょう」

「なにっ」

青田が眦をつりあげた。いまにも飛びかかってきそうだ。

ここは退けない。臍の下に力をこめた。

「組のために人を殺め、懲役に行くのですよ」

「手柄を立ててから言わんかい」

言い置き、青田がデスクに戻った。

あとを追い、吉川はデスクに両手をついた。

ものを言う前に青田が口をひらく。

「いね。むこうの幹部のタマを獲るまで面を見せるな」

青田が椅子を回転させた。

吉川は首を絞めたくなった。

田んぼの水がきらめいている。苗付けをおえた田んぼもある。緑の葉が頼りなさそうにゆれる。昼寝をむさぼるような風景がひろがっていた。

神戸に戻る途中である。ふいに思いつき、高砂市宝殿《ほうでん》に寄った。姫路市と明石市の中間に位置する。あぜ道を走り、色褪せた鳥居の前を過ぎる。

集落のはずれにある民家の前で車を停めた。

路上に立ち、背伸びをした。

となりで嘉男が両腕をひろげた。気持ちよさそうな顔をしている。

そよ風の中で紋白蝶が舞っている。道端の雑草が黄色の花をつけていた。小指の先ほどのおおきさである。そのむこうで蛙が鳴いている。喧しい。

南の空に白い雲が立っている。それを眺めているうち子どものころの風景がぼんやりとうかんできた。姫路市のはるか北、山間《やまあい》の村に生まれた。生家の居間にはおおきな祭壇があった。父は畑仕事のかたわら神官として村の催事に携わっていた。

「百姓もいいですね」嘉男が言った。

吉川は顔をほころばせた。

「いつか、なるか」

「はい」

嘉男が声をはずませた。

吉川はきびすを返した。

胸の高さほどの門柱に〈岡林〉とある。

岡林孝行は先代青田組の若頭だった。組の誰もが二代目を継ぐと思っていた。

先代の急死で状況が一変した。警察による司法解剖が済み、先代の遺体が青田組事務所に運ばれた日のことだった。

――青田組の跡目は俺が継ぐ――

棺を背に、青田勇が言い放った。

誰も異を唱えなかった。筋目に反する。皆がそう思ったはずである。

神俠会本家が青田勇の二代目就任を承認した日、岡林は組を去った。

吉川は生垣にはさまれた門を通り過ぎ、玄関にむかった。

「来たか」

左手から声がした。

庭がある。岡林が縁側に腰をかけていた。作務衣のようなものを着ている。

吉川は庭に入った。

松が左右に枝をひろげている。まわりに赤白、黄色の花が咲いている。草木の名前に疎い。けれど、手入れが行き届いているのはわかった。

「ごぶさたして、申し訳ないです」

吉川は岡林の前に立ち、腰を折った。

「なんの」鷹揚に言う。「そろそろ顔を見せると思っていた」

「塩梅は如何ですか」

岡林は肝臓を患っている。現役引退後、自宅と病院を往復していると聞いた。

「病院に住まんだけましや。まあ、座れ」

言われ、吉川はならんで座った。

嘉男は庭の端に立っている。

「これが病の元よ」

岡林が二の腕をさすった。総身七分の刺青。鯉に跨《また》がる金太郎を背負っている。

「姐さんは」

「病院や。関節リウマチに悩んでる」

「大変ですね」

「なんでも受け入れる。自業自得よ」

岡林が目を細めた。

あのときも。言いかけて、やめた。いまさら遅い。自分も反対しなかった。

岡林が居間に入り、すぐ戻ってきた。座り直し、紙の箱を縁側に置く。

「餞別や」

「開けてもいいですか」

岡林が頷くのを見て、蓋をはずした。

油紙の中身は確認するまでもない。白い封筒はカネか。

「中国製のトカレフや。実弾《マメ》は五発。わしの代わりに弾いてくれ」

「脳天を飛ばします」

「百万円を添えた。ステーキを食って、生肉を抱け。出陣前の作法や」

岡林がにこりとした。

吉川はすくと立ちあがった。岡林と正対する。

「ありがとうございます」

「礼を言うのはわしのほうや。おかげで、畳の上で死ねる」

吉川は頭をあげられなかった。

★　★

暮れなずむ空に稲妻が走った。雷鳴が轟く。雨はない。

宮本は足を速めた。生田区北野町の坂道をあがっている。さっきまで一神会本部にいた。トアロードから下山手通、加納町交差点の手前を左折した。

左手に袖看板が見える。『いろり』とある。三田牛を食べさせる店だ。

店の前で一服してから中に入った。

紺絣を着た仲居に案内され、個室に入った。四畳半。村上の姿はなかった。座椅子が二つある。ジャンパーを脱ぎ、下座に胡坐をかいた。

「お連れ様がお見えになりました」

ほどなく仲居の声がし、襖が開いた。

村上が上座に腰をおろした。

「待たせたか」

「いいえ」

「脚を伸ばして、楽にしろ」

和室の中央に畳を切ってある。

「しゃぶしゃぶでええか」

頷くと、村上が仲居に声をかけ、酒と料理を注文した。

仲居が去る。村上が煙草をくわえた。

「兄貴は大丈夫か」

宮本は返答にこまった。村上は自分を誘った本人である。

気づいたのか、村上が笑顔を見せた。

「兄貴は気持よくひまをくれたのか」

「うそをつきました。おふくろが入院したと」

「ご健在か」

「両親とも至って元気です」

ほんとうである。三日前に電話で母親と話した。思いだしては電話をかけるようになった。海岸通のアパートに移ってからのことだ。若葉の言葉に影響されたか。「おかあさんに会いたい」ときおり言う。若葉を産んで三か月で自害した人である。

「美山の叔父貴にはおふくろが退院するまで顔を見せるなと言われました。バイクで帰ればすぐですからと、ご厚意はことわりました」

「兄貴も俺も、おふくろには頭があがらなかった。どうしようもない親不孝者よ。兄貴のおふくろは病気で亡くなられたさかい、身に沁みるのやろ」

「ほかのうそにすればよかったですね」

宮本は苦笑した。

「俺のせいや。こらえてくれ」

村上が言いおえる前に襖が開いた。

二本の徳利と八寸膳を座卓に置き、仲居が退室する。

村上が徳利を手にした。

宮本は両手で盃を持った。ひと息に飲みほし、村上を見つめた。

「俺に用があるのですね」

こくりと頷き、村上が盃をあおる。

「頼みがある」

言って、村上が箸を持った。間を空けたのか。気遣ったのか。

宮本も倣った。鯛の昆布締め、山菜の酢味噌和え、鱧の煮凝《にこご》り。どれも美味だった。箸を置き、ことわりを入れて、煙草を喫いつける。

村上の目が据わった。

「バイクの腕を見込んでのことや。ある男を追跡してほしい」

「誰です」

声が硬くなった。追跡の意味は聞かなくてもわかる。

「佐伯や。分裂直後から監視している」

「…………」

宮本は無言で煙草を消した。どうせ喫った気がしなくなる。

「佐伯は毎週のように大阪のミナミにでかけている」

村上がこれまでの経緯を話しだした。

宮本は黙って聞いた。酒も料理も忘れてしまった。

「先週のことや。神戸に戻る途中、佐伯とクラブの女を乗せた車が進路を変えた。ほかの二台は囮になり、まんまと撒かれたそうや」

「女の部屋はわかっているのですか」

村上が首をふる。

「それを特定してほしい」

「それだけですか」

「おまえを計画に巻き込むつもりはない。兄貴に殺される」

「…………」

宮本は頭を働かせた。訊きたいことは幾つもある。慎重に言葉を選んだ。

「計画は村上さんの一存ですか」

「ああ。誰も知らん。義心会だけでやる」

「わかりました。お受けします」きっぱりと言った。「けど、あまり時間をかけるわけには行きません。美山の叔父貴に勘づかれます」

「おまえの家からミナミまで、どれくらいかかる」

「バイクなら一時間もあれば着くと思います」

「ほな、午後十時以降、家で待機してくれるか。数日のことや」

「はい。それなら美山の叔父貴に疑われることはないでしょう」

村上が表情を弛めた。

「恩に着る。うちの若頭は知ってるか」

「孝太さんですね」

「佐伯がミナミに行ったら、孝太に連絡させる」

村上が手酌酒をやる。咽が鳴った。

仲居がやってきて、しゃぶしゃぶの用意を始めた。

「あとは自分らでやる」

村上が声をかける。仲居が立ち去った。

藤堂の話をしながら箸を動かした。三田牛はちり酢よりもゴマダレのほうが口に合った。神戸では具材に関係なく、鍋料理を〈ちり〉と称した。

村上が豆腐や野菜を鍋に入れる。

気が弛んだか。疑念のひとつが声になった。

「村上さんが本部にこられたとき、成澤から電話がかかってきましたね」

村上が菜箸を置いた。顔が締まる。

「どんな話だったのですか」

「兄貴に訊かなかったのか」

「はい」

「けじめの話や。おまえ、成澤の身内を刺したそうやな」

宮本は眉をひそめた。想像はしていたが、聞けば気分が滅入る。

あの日、谷口組解散を受けて、一神会本部はあわただしかった。幹部会議がおわると、村上がやって来た。電話が鳴り、本部詰めの叉賀が美山に取り次いだ。「大阪の成澤と名乗りました」それを聞いて、口から心臓が飛びでそうになった。居ても立ってもいられなかった。やがて美山と村上があらわれ、二人に同行した。それで美山に訊く機会を逸したわけではない。翌日も美山と二人きりになる時間があった。訊けなかっただけのことだ。美山の心痛の種を増やしたくなかった。

「おととい、電話で成澤と話したそうな。中身を知りたいか」

「ぜひ」

宮本は前のめりになった。

村上が笑う。

「食え。ケリがついた話や。おまえが気負うことやない」

言って、村上が豆腐を掬う。口に入れ、顔をゆがめた。あわてて酒を飲む。

「神戸市の再開発事業は知っているか」

「はい」

即答した。美山に同行して新開地のパチンコホールに行ったとき耳にした。

「兄貴は利権の一部をくれてやった」

「そんな」

「気にするな。三次か四次の下請がやる、微々たるしのぎや」

「ほんとうですか。それで成澤が折れるとは思えません」

「兄貴は交渉上手や。成澤にも負い目がある。成澤は朝鮮総聯を動かし、新開地の商店街にちょっかいをだした」

宮本は啞然とした。あれは成澤の仕業だったのですか。訊きそうになった。

「兄貴はその事実を摑んでいた」

「成澤は日本人でしょう」

「民族は関係ない。圧力団体も暴力団も似たようなものよ。朝鮮総聯も同和もカネで動く。政治家もおなじや。で、兄貴は新開地から手を引かせた」

「のちのちの災いになりませんか」

「ならん。おまえの身も無事や」

「…………」

声がでなかった。美山は自分の身を護るために成澤と交渉した。そう思うと胸が痛む。くちびるを嚙んだ。

「俺の気持も兄貴とおなじ。おまえは無傷で藤堂さんに返す」

うなだれそうになった。

鍋の中の白菜がくたびれていた。


翌朝、喫茶店に行った。いつもの席に座り、モーニングセットを注文する。

やわらかな陽が射し、若葉の顔が明と暗にわかれた。

「熟睡してたよ」

「おまえのおかげや」

若葉が目を細めた。すぐ真顔になる。

「怒らないでね」

「ん」

「おばさんに話したの」

「そうか」

そっけなく返した。予期していたことだ。若葉が話さなくても、藤堂の妻が若葉のたびたびの外泊を案じ、問い質すだろうと思っていた。面会した藤堂のもの言いと表情からもそんな予感があった。

若葉がじっと見つめている。目があとの言葉を待っている。

「なんて言われた」

「そう……それだけ。どうしてかな」

「わからん」

わが身に置き換えたのか。そんな気もする。

藤堂の妻は家族の反対を押し切って結婚した。藤堂が妻の実家に挨拶に行っても門前払いを食わされたという。若葉から聞いた話だ。藤堂は家族のことを話してくれなかった。宮本も訊かなかった。

姉の無念を晴らすため当時の神俠会事務局長の高木を殺すと覚悟したとき、藤堂は離婚を決意した。家族に災いがおよばぬようにとの配慮だったのだろう。が、妻はそれを拒んだ。藤堂は獄中で離婚届に署名、捺印したというが、妻がそれを役所に提出したのかどうかはわからない。

ウェートレスがモーニングセットを運んできた。トースト、サラダと茹でタマゴ。スライスしたリンゴが添えてある。

タマゴの殻を割る。藤堂の言葉が思いうかんだ。

――姉は茹でタマゴが好きで、タマゴを手に入れたときは上機嫌やった――

ここでモーニングセットを食べているさなかに、藤堂が言った。愛おしむようにタマゴの殻を割る藤堂を見て、宮本が質問したときの返答だった。

藤堂の妻は夫の帰りを待っているのだろうか。そう思い、頭をふった。あたりまえのことのような気がした。自分も渡世の親の帰りを待っている。

先に食べおえ、宮本は煙草をくわえた。

「しばらく来るな」

「どうして。おばさんに話したことを怒ってるの」

「そうやない。夜中に呼ばれるかもしれん」

「面倒なことなの」

「…………」

宮本は睨んだ。

若葉が自分を案じているのは容易に推察できる。若葉は新聞を読む。極道社会のことは民間人以上に知識がある。が、宮本の日常を訊くことはなかった。

不安が募ったのか。藤堂の妻に話したことで気分が楽になったのか。

「ごめん。電話はいいの」

「ああ。夜中の長話はできんが。けど、数日のことや」

「よかった」若葉が頰を弛めた。「そろそろ行くね」

「仕事は昼からやろ」

「買い物したいの。ほしいものはある」語尾がはねた。

「ない」

「そればっかり」

若葉が笑った。

心を奪われそうになる。若葉の寝顔を見てもそうなる。一瞬のことだ。藤堂のそばにいたから人として生きてこられた。

――極道も人や。が、海は青、極道はクズ。あたりまえのことを忘れるな――

藤堂にそう言われた。

海へ行きたくなるのは心がゆれたときである。

★　★

受話器を戻し、ため息をついた。きょうは何本目の電話か。憶えていない。

冷めたお茶を飲み、窓辺に立った。変わらない風景がある。鳥の鳴き声は聞こえない。深山躑躅の花が萎れかけている。その上を黄色の蝶が舞っていた。

全国の同業に廻状を送って四日目になる。その間に電話が増えた。多い日は三十本を超える。神侠会の直参と、一神会の者たちである。直参はなだめ説得し、ときに怒鳴りつけた。一神会の者は聞き役に徹した。その繰り返しだ。

抗争事件も急増した。大阪府、和歌山県、福井県で発砲事件と傷害事件。愛知県と北海道でも騒動がおき、新聞は暴力団の無法ぶりを書き立てている。

マスコミ報道以上の情報を得にくい状況にある。執行部の総意に背く行動のため、神侠会側の当事者らは本家に事実関係を隠したがるのだ。

ノックのあとドアが開いた。

「陣中見舞いや」成澤が紙袋をテーブルに置く。「お初天神のおはぎは絶品やで」

苦笑を洩らし、五十嵐はソファに戻った。

成澤を案内した若衆が口をひらく。

「差し入れを頂戴しました」

「タコ焼きか」

「但馬牛です。フィレとサーロインの塊をいただきました」

「たかが十キロや」

成澤の小鼻がふくらんだ。

若衆が立ち去り、入れ替わりに、別の若衆がお茶を運んできた。

五十嵐は紙包みを開いた。甘党ではないが、おはぎには目がない。亡き西本の影響による。闇市時代の西本はおはぎが手に入ると機嫌がよくなり、それを肴に濁酒《どぶろく》を飲んでいた。食糧難のころである。五十嵐も満腹感を覚えた。

二個を食べ、お茶を飲んだ。ひと息つき、顔をあげる。

「おまえはタイミングが悪い」

「招かれざる客が来るのか。誰や」

「矢島の叔父貴よ」

そっけなく言い、またおはぎを頬張った。

――舎弟の代表として話がある――

電話で、矢島が言った。一時間前のことだ。

神俠会舎弟は八名。分裂前は十七名いた。あらたに舎弟になった者はなく、松原の離脱で空席になった舎弟頭の座に矢島が就いた。佐伯の意向による。

「俺も同席する」成澤が言う。

「かまわんが、むこうがどう言うか」

「俺にまかせろ」

「もめるなよ。ところで、和歌山の件はどうなった」

「喧嘩にならん」

成澤が面倒そうに言った。

成澤組の二次団体が一神会直系組長の車を襲撃した。二人が発砲。組長は銃弾二発を浴びて重傷、同乗の二名も負傷した。

直後に成澤から電話があった。

——迷惑をかけた。島内のトラブルで成澤組は関与してない。事件をおこした組には謹慎の通達をだした。事件の詳細がわかり次第、処分する——

なめらかな口調だった。

報告を鵜呑みにしたわけではない。成澤の動きには神経質になっている。成澤と鈴井、西嵐会の末永の三人が喫茶店で顔を合わせたとの情報は耳にしている。成澤と兄弟分の鈴井はともかく、末永の動向は気になる。直の若衆である。成澤と末永の関係はどうなのか。情報を集めているさなかに和歌山で発砲事件がおきた。

「大阪のほうはどうや。あれもおまえの身内の仕業か」

一神会の二次団体の幹部が夜のミナミの路上で数名の男に襲われた。警察発表によれば、頭蓋骨陥没の重傷という。

「いま事実関係を調べている。うちの枝が関与していれば処分する。けど、たかが行きずりの喧嘩。若頭が目くじらを立てることもないわ」

澄ました顔で、こともなげに言った。

五十嵐は口をつぐんだ。成澤は口が達者だ。ああ言えばこう言う。眉に唾をつけたくなる話でもさとも見てきたかのようなもの言いをする。

五分ほど経って、矢島があらわれた。舎弟の高島が一緒だった。高島は舎弟の中では最年長で、かつては西本と親交があった。

「成澤やないか」

矢島が目を見開いた。

「叔父貴もお元気そうで」

言って、成澤は五十嵐のとなりに移った。

五十嵐の正面に矢島、そのとなりに高島が座る。

「成澤がおるのなら手間が省けて好都合や」

矢島が視線をおとした。

「本家はのんびりしとるのう。有事におやつか」

棘のあるもの言いはいつものことだ。

「好都合とはどういうことですか」

五十嵐はやんわり訊いた。

「和歌山と大阪の事件や。どっちも成澤組の仕業と聞いた。幹部が執行部の意思に背くとはどういうことや」

成澤が身を乗りだした。

五十嵐は手で制した。

「確かな情報ですか。和歌山の件は成澤から事情を聞き、執行部の皆に伝えました。枝のトラブルということで皆の了承を得ている。大阪の件は、いまも成澤に確認したが、成澤組は関与してないそうです」

「逃げ口上や」

吐き捨てるように言い、矢島が成澤を睨みつけた。

「おまえが仕掛けたのは明々白々や。成澤組の者がミナミ界隈で一神会の連中の動きをさぐっているとの情報もある」

「それがどうした。警戒するんはあたりまえやないか」

「なんや、その言い種《ぐさ》は」

矢島が唾を飛ばした。さっと顔が赤らむ。

「俺は若頭の補佐役や。隠居の爺にとやかく言われる筋合いはないわ」

「なにっ」

矢島が腰をうかす。

「よせ」五十嵐は声を張った。「成澤、言葉が過ぎる。叔父貴も立場をわきまえてください。執行部への批判は舎弟頭といえども許されない」

「批判やない。意見や。神俠会を思っての老婆心よ。そもそも、わいは執行部の手ぬるいやり方が気に入らん。けど、執行部の意思は神俠会の総意。で、わいは我慢してきた。ところがどうや。この成澤はあちこちで戦争を仕掛けてる。一神会の幹部を的にかけているとのうわさもある」

立て板に水のように喋った。

「うわさは耳に胼胝《たこ》ができるほど聞いています。そういう叔父貴も、水谷や青田と結託して、暗殺隊を結成したとか。ほんとうですか」

「それこそ根も葉もないうわさよ。わいは成りあがり者やない。強欲きわまりないカネの亡者と一緒くたにするな」

「よう言うた」

成澤がひと声発し、五十嵐に顔をむける。

「若頭。聞いてのとおりや。ここまでコケにされたら辛抱できん」

言うさなかに成澤の手が動く。

おはぎが矢島の顔を直撃した。灰皿も摑む。

五十嵐は飛びかかるようにして成澤を押さえ込んだ。

「やめい。身内の喧嘩はみっともない。ここは本家やぞ」

言って、姿勢を戻した。

成澤も起きあがり、身なりを正した。

「爺の魂胆は読めとる。俺を造反者に仕立て、てめえらのやることを正当化する。神戸に銃弾を飛ばす気なんや」

「うるさい。おまえはもう喋るな」

怒鳴りつけ、視線をふった。

矢島がハンカチで顔を拭っている。

「叔父貴はお引き取りください」

「そうはいかん。この無様や。成澤は絶対に許さん。が、きょうのところは若頭の顔を立てたる」ひと息つく。「遅かれ早かれ、神戸にも血の雨が降る。で、確認したい。戦争になっても、身内を処分するのか」

「執行部に諮ります」

五十嵐は無難に答えた。

矢島の胸中は読める。成澤の推察と大差ない。が、それは成澤にもあてはまる。

「訊くが、若頭は、極道組織として認めない一神会と共存するつもりか」

「しません。一神会を解散させ、元の形に戻します」

「ぬるいわ。しばらくのことなら、警察やマスコミ向けの意思表示で済ませられるかもしれん。が、いつまでもこの状態が続けば、神俠会は腰抜け集団だと、同業に笑われる。あげく、舐められ、島を荒らされる」

「ご進言は肝に銘じておきます」

「あの世で西本さんが泣いてる」高島がぼそっと言う。

五十嵐は高島を睨みつけた。

「どういう意味ですの」

「一枚岩が崩れた。およそ極道とは縁遠い輩がのさばりだした。そのうえ、本家本流の要である若頭の腰が引けている。神俠会の輝かしい歴史と伝統はいまどこに……草葉の陰で、西本さんは嘆き悲しんでおられるやろ」

「…………」

ものを言う前に、成澤が声を発した。

「時代遅れの歴史や伝統で飯が食えるんか。三角の代紋を護れるんか。いまを生きる者が歴史をつくるんや」

「話にならん」高島が矢島に顔をむける。「出よう。胸くそ悪い」

「成澤の不始末、若頭に預けておく」

ひと言残し、矢島が歩きだした。音を立て、ドアが閉まる。

成澤が元の席に座り直した。

「くそ爺どもが。椅子取り合戦を宣言しに来やがった」

「そういうおまえはどうや」

「訊くまでもない。若頭を四代目にする。俺の夢や」

「野望やろ」

「そうよ」あけすけに言う。「俺が若頭になって四代目を支える」

「えらい熱いのう」

五十嵐はひややかに言った。

成澤は本性をさらけだした。成澤も手柄取りに動いている証だろう。

「俺は、屋根が役に立たんような家で生まれ育った。若頭が神戸の闇市で暴れまわっていたころ、俺はゼニ儲けに精をだした。米軍物資と盗品を闇市で売り捌いた。朝鮮戦争でもボロ儲けした。けど、なんぼカネを握っても不安は消えんかった。ガキのころのみすぼらしい風景が消えんのや。カネはあるに越したことはないが、男に必要なんは地位や。人は肩書で判断する。そう思わんか」

「わからん」

五十嵐は視線をそらした。

辟易している。おまえも目の前から消えろ。胸でつぶやいた。


門前で車を降りた。石畳を歩き、入母屋造の建物にむかう。

須磨区の閑静な住宅地にある料亭旅館には何度も足を運んだ。が、建物を眺める余裕はなかった。二十代は門前で、三十代は車寄せで姿勢を正し、来客を迎えた。神俠会の主たる行事はこの旅館で行なわれた。盃事や放免祝の宴席では花会と称するご祝儀集めの賭場が夜を徹して開かれた。

石畳のかたわらに石楠花《しゃくなげ》が薄紅色の花をひろげている。側庭の池の縁には青紫色の花。花菖蒲か、杜若《かきつばた》か。菖蒲もふくめ、識別する知識を持たない。ふと思い、苦笑をこぼした。極道者も見分けがつかなくなった。

玄関に入った。

二人の女が正座し、三つ指をついている。

「いらっしゃいませ。五十嵐様、お元気そうでなによりです」

「女将もあいかわらず美しい」

還暦が近づいたか。三十代は牡丹のようだった。

女将の目が糸になる。

「松原様はお見えです」

五十嵐は目をぱちくりさせた。約束の時刻は三十分先である。

昨夜のことだ。花隈の『ゆう』を経由して美山に連絡を取った。思案の末ということではなく、思いつきのようなものであった。

ひとりで家の近くのお好み焼き屋に行ったときのことだ。手酌酒をやりながら、女将と他愛もない会話をしているうち美山と話したくなった。女将の何気ないひと言が感情をゆすったか。美山の声を聞きたかっただけのような気もする。

――理事長は元気か――

――自分の目で確かめろ――

そんなやりとりのあと、美山が段取りをつけたのだった。

悔いはない。いまは腹を括っている。

ほの暗い廊下を渡り、一階奥の座敷にむかった。

箱庭が目に入った。

松原が座椅子に胡坐をかいていた。

そのむこう、床の間に赤い花の一輪挿し。牡丹はわかる。

「お待たせしました」

声を発し、五十嵐は松原の正面に座した。

すこしやつれたか。目が垂れたように見える。肌に張りが感じられない。

松原が徳利を差しだした。

「若頭の居心地はどうや」

「いまさらながらです」

笑顔で返した。受けた盃を飲みほし、盃を返した。徳利を持つ。

松原も盃を空けた。

「傷は癒えたか」

「すっかり。言われて思いだしました」

去年の秋のことである。

生田川沿いの小料理屋を出たところで九州のやくざ者に襲われ、右の太股を撃たれた。巻き添えを食い、店主が死んだ。流れ弾を受けた。あたり処が悪かった。

同郷の友だった。二人で上州の村を捨て、夜通し線路を歩いた。国鉄東京駅から東海道線で名古屋へ。職がなく、さらに西下して神戸に着いた。

駅前の広場で人足手配師に声をかけられてトラックに乗り、神戸港に運ばれた。〈アンコウ〉と称する港湾人足になった。

ほどなくして三宮の闇市で西本勇吉に出会った。

――固めの盃や。親子かて、兄弟かて、なんでもかまへん――

西本はそう言い、縁の欠けた茶碗をよこした。

五十嵐はためらいなく受けた。なにかをやることにさして理由は要らなかった。昭和二十一年、五十嵐は十五歳だった。

襖が開き、仲居が盆を運んできた。先付、椀物、向付と続く。

松原が鯛の造りを食し、箸を休めた。

「用件を聞こう」

松原が座椅子に身体を預けた。

五十嵐は箸を置いた。背筋が伸びる。

「単刀直入にお願いします。一神会を解散してください」

「笑止。頼むことか。神俠会の若頭がみっともない」

「なんと言われようと構いません。血を流すことなく神俠会を元の形に戻す。それが俺の務めです」

「美山にもそう言うたんか」

「戻ってこいと説得しました。が、首を縦にふりません」

「むだなことを」

つぶやき、松原が盃をあおった。

「条件は、あるか」

「理事長が引退し、美山が神俠会本家に詫びを入れる」

「執行部に諮った上で言うてるんか」

「いいえ。ですが、理事長と美山が条件に沿う意思を示せば、なんとしても。この命に代えても執行部をまとめます」

「二の舞になる」

「なりません」

五十嵐は言い切った。

佐伯の器量は見切っている。松原や美山とは胆の質が違う。やっかいなのは擡頭する若手の直参だが、旗頭の成澤も独力では上を望めない。

──若頭を四代目にする。俺の夢や……俺が若頭になって四代目を支える──

数時間前に聞いたばかりである。

矢島は佐伯に従うしかなく、青田らは執行部に楯突くほどの力がない。

何年か先ならいざ知らず、いまなら皆を抑え込める。そう確信している。

松原の眼光が増した。値踏みするような目つきになる。

五十嵐は直視した。

「血は見たくない。おなじ血なのです」

「違うな」

「…………」

どう違うのです。声にならなかった。

──俺が極道になった理由、教えたる──

前置きしたあとの、美山の言葉は耳に残っている。神俠会の分裂は交わらぬ血のせいだったのか。五十嵐は頭をふった。

――本音を言えば、一神会も三角の代紋を使いたかった――

あの言葉は一縷の望みをつなぐ拠り処にもなっている。

五十嵐は座椅子をはずした。

「お願いです。ご一考ください」頭を垂れた。

「顔をあげろ」

やさしい声がして、五十嵐は姿勢を戻した。

「執行部の総意と受け取ってええのか」

「はい」

松原が頷く。

「幹部らと膝詰めで話し、皆の意見を聞く。が、美山は戻らん。たとえ神侠会に詫びを入れるとしても。それで、ええのやな」

「なぜ戻らないのです」

松原が酒で間を空けた。

「美山は、わいが割って出るのを最後まで反対した。わいが決断しなければ、大村もほかの連中も動けないと」

「美山は神侠会に残りたかったのですね」

松原がゆっくり首をふる。

「あいつの信念は知ってるな」

「和をもって神俠会を束ねる。口癖でした」

「美山に残れと言うたのやが、割れた神俠会に居場所はないとぬかした」

「それでも理事長は……」

「大村らの生きる場所をつくってやりたかった。やつらは美山とは違う。旗がなければ生きては行けん。共に生きた仲間への餞別みたいなものよ」

「…………」

五十嵐は口をつぐんだ。

美山の胸中を思った。

――本音を言えば、一神会も三角の代紋を使いたかった――

あれは割って出た者たちをおもんぱかってのことだったのか。

――逆盃に義や道理はない――

それでも美山は一神会の若頭に就いた。

あほな男や。頭のどこかで声がした。

襖が開き、仲居が入ってきた。座卓の上を片づけ、料理を置く。鱧の白焼き。筍と蕗の炊き合わせにはワカメと春セリが添えてある。

無言で食べた。

器がきれいになったところで、松原がバッグを手にした。

「遅くなった」

言って、紫紺の袱紗《ふくさ》を五十嵐の前に置いた。

「若頭就任の祝儀や」

「受け取れません」

「わいとおまえ。二人の縁や」

「わかりました」

五十嵐は袱紗を開き、両手で祝儀袋を持ちあげた。

「ありがとうございます」

「わいの香典には使うなよ」

松原が目元を弛めた。無数の皺ができた。

五十嵐は、松原や美山と生きた歳月を思った。

第四章　瓦解

御堂筋を南下し、道頓堀橋北詰で左折した。路肩には数珠繋ぎに車がある。堺筋に出る手前でバイクを停めた。大阪ミナミ、宗右衛門町《そうえもんちょう》の歓楽街だ。

ヘルメットをハンドルに掛け、グレーのセダンに近づいた。ナンバープレートを確認する。電話で聞いた番号とおなじだ。運転席と後部座席に人がいる。

宮本は後部座席のそばに寄り、腰をかがめた。

ウインドーが降り、男が顔をむけた。レイバンのサングラスをかけているが、義心会若頭の孝太とわかった。幼さが残るにきび面だ。

「早かったな。乗れよ」

言われ、孝太のとなりに座った。

車内は散らかっていた。足元には紙袋がある。食料品のようだ。

「いつもの店ですか」

「ああ。十二時までは出てこんやろ」

神俠会会長代行の佐伯はクラブ『銀の花』にいる。

「ひとりですか」

「矢島と水谷が一緒や。佐伯は水谷と女二人と食事をして、銀の花に入った。そのあと、矢島が合流した。矢島を見張っている連中も来たさかい、人手は足りたんやが、おまえを呼ぶよう親分に言われた」

宮本は頷いた。

孝太の不機嫌そうな理由がわかった。歓迎されていないのだ。

「店はどこですか」

孝太が身を乗りだすようにして、前方を指さした。

「十メートルほど先の左手にSOビルがある。その三階や」

「様子を見てきます」

言って、宮本はドアノブに手をかけた。

「勘づかれるなよ」孝太が言う。「おまえがドジれば、俺らの苦労が水の泡や」

「気をつけます」

そとに出て、息をつく。なにがあろうと村上との約束は守る。

歩道を歩いた。たいそうな賑わいだ。宗右衛門町でよかった。ひと目で極道者とわかる連中がごろごろいる。SOビルのエントランスに二人の男。黒っぽいスーツを着て、周囲に目を光らせている。三階のフロアにもいるのか。神侠会執行部の三人が顔をそろえている割に警護の者がすくない。

車道を見た。路肩にリンカーンとメルセデス。神戸と岡山のナンバーだ。

一時期、神侠会の幹部の多くはリンカーンコンチネンタルに乗っていた。その半分は故三代目のお下がりだった。嫌でも高値で引き取るしかなかった。

三代目が亡くなって、メルセデスやBMWに乗る者が増えてきた。

佐伯がリンカーン、水谷がメルセデスか。どちらの車にも二人が乗っていた。

先へ進んだ。路肩に徳島ナンバーのリンカーンが停まっている。矢島の車か。車内に二人。ボディーにもたれ、ひとりが立っている。

位置を確認し、道路を横切る。

「おい」

声がして、宮本は視線をふった。

ビル陰に男がいる。義心会の五郎である。

「ご苦労さん」

「来てたのですか」

「矢島を監視していたやつと交替した」

「そうでしたか」

宮本は笑顔で返した。村上の気遣いなのだろう。五郎とは何度か言葉を交わした。悪い印象は持っていない。

「頼むで。面倒になったときは俺が護る」

「助かります」

宮本は離れた。矢島の車に近すぎる。


佐伯が鮨屋から出てきた。左右に二人ずつ、四人の若衆が寄り添う。水谷にも二人の男がついた。うしろに三人の女。中央の着物の女が目を惹く。三十代半ばか。遠目にも美形とわかる。両脇の若い女らと笑顔で話している。

矢島は『銀の花』を出たところで佐伯らと別れ、自分の車に乗った。

「のんきなもんや」

耳元で声がした。

どきっとした。五郎でよかった。敵なら刺されていた。

「いたのですか」

「ああ。おまえのそばを離れるなと言われている。矢島は若い者にまかせた」

話している間に集団が移動する。

距離を空け、あとを尾けた。午前一時を過ぎ、行き交う人はかなり減った。

「着物の女やな」

「いつもあの女ですか」

「知らん。うちの若頭の報告は要領を得ん」

五郎があけすけに言った。

宮本は苦笑を洩らした。

わずか十人ほどの所帯でもいろいろある。谷口組もそうだった。藤堂がいなければとうの昔にばらばらになっていたと思う。

佐伯らが集合ビルのエントランスに入った。階段を降りる。

五郎が足を速めた。

宮本は五郎の腕を摑んだ。五郎がふりむく。

「なんや。見失うぞ」

「あのビルの地下は一軒だけです」

「知ってるのか」

「何度か遊びました」

ナイトクラブ『青い館』は午前五時まで営業している。表向きはレストランだが、生バンドが演奏するナイトクラブだ。ミナミでは一、二の人気店で、極道者も通っている。賄賂が効いているのか、所轄署は違法営業を看過していると聞いた。

そういうことを五郎に教えた。

「で、どうする」五郎が訊く。

宮本は道路向かいを指さした。

「あそこに洋食屋があります。夜食にしましょう」

五郎が目をまるくした。

「おまえは腹が据わってる。俺は腹が空いてた」

「窓際の席が空いていれば、エントランスが見えます」

話しているさなかに、リンカーンとメルセデスが近づいてきた。

洋食屋に入った。窓際の席のひとつが空いていた。

五郎がメニューを見る。

「赤ちゃんみたいな店やな」

三宮東門の端に『赤ちゃん』という洋食屋がある。東門で働く者たちの胃袋を支えている。神戸では『赤ちゃん』の折詰弁当を用意する賭場もある。

「ポタージュとオムライス」ウェートレスに言う。「五郎さんは飲んでください」

五郎がにんまりした。

宮本は席を離れた。

店の入口近くにピンク電話がある。分厚い電話帳を繰った。受話器を持ち、十円玉を投入する。すぐに声が届いた。

《お電話ありがとうございます。青い館です》

「マネージャーの門田さん、いてますか」

《はい。どちらさまでしょう》

「いてはったらええんです。あとで伺います」

通話を切った。

義心会の事務所にも電話をかけてから席に戻った。

「おまえも一杯くらいええやろ」

五郎がビール瓶を手にする。

「親分に連絡したんか」

「ええ。その前に青い館にも電話しました」

「なんで」

「ガキのころのダチがいますねん」

宮本はビールを飲んだ。よく冷えていた。

「喧嘩はからっきしやったけど、愛想とべんちゃらが得意で、年長者にかわいがられるタイプです。三年前からフロアをまかされてます」

「話を聞けたんか」

「あした、会うつもりです」

「おまえは頼りになる」

五郎がグラスを手にした。

ウェートレスが料理を運んできた。五郎の前にメンチカツとエビフライ。ライスは大盛りだった。

五郎は箸を使って食べだした。見る見る口の中に消えていく。

宮本はオムライスを半分食べたところでスプーンを置いた。

「五郎さんもやるのですか」

「もちろんや。親分のそばを離れるわけがない」

「村上さんがやるのですか」

「そうよ。いつも先頭に立つ。親分のポリシーや」

「…………」

宮本は口をつぐんだ。訊かなければよかった。

「美山の叔父貴には内緒やで」

小声で言い、五郎がまた食べだした。

宮本は窓を見た。警護の数が増えていた。路上に五人、ビルのエントランスに三人いる。そばに近づくだけで拳銃をむけられそうだ。


海岸通のアパートに帰ったのは午前七時だった。

佐伯は午前三時過ぎまで『青い館』で遊び、水谷らに見送られて車に乗った。着物の女も一緒だった。前後を警護の車に護られ、ミナミを去った。

宮本はつかず離れず追跡した。五郎をバイクの後部座席に乗せていた。

バイクと警護の車の間を孝太の車が走った。

リンカーンは神戸方面にむかっていたが、途中で動きがあると読んだ。女を連れて自宅に帰るわけがない。

淀川にさしかかったところでリンカーンだけが急ハンドルを切り、Uターンした。よほど運転に自信があるのだろう。リンカーンは車体が長い。ハンドルが重いので小回りが利かない。逆戻りし、最初の信号を左折。ほどなく淀川大橋を渡った。

孝太の車はリンカーンの動きに反応できずに直進した。

リンカーンは西淀川区姫島の住宅街で停まった。淀川の中州にある。三人の若衆に護られながら、佐伯は七階建てのマンションに消えた。着物の女も一緒だった。

マンションには近づけなかった。リンカーンは玄関前に停まったままで、二人の男が路上に立っていた。

国鉄大阪駅で五郎と別れたあと、御堂筋線を走り、ミナミに戻った。公衆電話を使って『青い館』の門田を呼びだした。二十四時間営業の喫茶店で門田と話した。そとに出たとき、空はすっかりあかるくなっていた。

シャワーを浴びて一服し、身支度を整えた。約束の時刻が迫っている。『青い館』の門田と別れてすぐ義心会事務所に連絡し、村上と話したのだった。

海岸通の喫茶店の前に車が停まっている。運転席に五郎の顔が見えた。

近づくと、後部座席のドアが開き、村上があらわれた。

「ご苦労さん」

「わざわざお越し願って、すみません」

宮本は喫茶店に案内した。いつもの席で村上と向き合う。

ウェートレスにコーヒー二杯を頼み、村上が視線を戻した。

「あらかたは五郎に聞いた。ようやってくれた」

「まだやることがあります」

「部屋の特定やな」

「はい。佐伯が連れていた女は銀の花で五月と名乗っています。昔のダチに、五月の素性と住所を調べてもらっています」

「できそうか」

「たぶん。大阪の南署の防犯に仲良しの刑事がいるそうです」

「助かる」

村上が煙草を喫いつける。

ウェートレスがコーヒーを運んできた。

ひと口飲んで、村上を見つめた。

「きょうあすにも報告できると思います。ほかにやれることはありますか」

頭の片隅に五郎とのやりとりがある。

――村上さんがやるのですか――

――そうよ。いつも先頭に立つ。親分のポリシーや――

あのときは訊かなければよかったと思った。重大な秘密を胸にかかえれば美山の顔をまともに見られなくなる。

時間が経ち、いまはできるかぎりのことは手伝いたいと思っている。

「姫島のマンションの近くに部屋を借りたい」

「アジトですね」

「ああ。五郎の名義で借りる。そこで相談やが、不動産屋をあたってくれないか」

「わかりました。いつにしますか」

「おまえのダチから報告があれば、すぐにでも。できるか」

「何とかします」

村上が上着のポケットをさぐった。封筒をテーブルに滑らせる。

「これで頼む」

宮本は封筒を手にした。中身を確認するまでもない。百万円ある。

「多すぎます。大阪は権利金が要りません。敷金、礼金だけです」

不動産屋への仲介手数料をふくめて、家賃の五、六倍といったところか。

神戸では入居時に権利金が発生し、それだけで家賃の二十倍ほどが必要になる。権利金の九十五パーセントは解約時に返還されるとはいえ、まとまったカネがなければマンションに住めない。テナントビルのフロアを借りるには大金が要る。

「口止め料込みや」村上がにやりとした。「質問も受けつけん」

宮本は肩をすぼめた。

先手を打たれた。村上の固い意志が感じ取れた。

★　★

三宮の東門に活気がない。通りを行き交う人は以前と変わりないほどいるのだが、人の表情も街の風景も元気がないように見える。

新聞を読むかぎり、日本の景気が悪いとは思えない。田中角栄元総理が逮捕され、〈日本列島改造計画〉は頓挫した。日本はかつて例を見ないインフレに陥った。〈オイルショック〉は経済界と国民を慌てさせた。それでも日本経済はおおきな打撃を被らなかった。円相場が急騰しても貿易収支は大幅な黒字を計上している。庶民の夜遊びの質が変化したのか。時代の流れなのか。あるいは、神俠会の分裂騒動が夜の街に恐怖の影をおとしているのか。

村上はひとりで歩いている。

五郎はむりやり休ませた。あすにでも五郎を大阪へむかわせる。西淀川区姫島にアジトを構えれば、五郎を常駐させるつもりだ。

村上もきのうは一睡もしなかった。海岸通の喫茶店で宮本と会ったあと自宅に帰った。妻と子がいた。義母の容態を聞き、階下の事務所に移ってひと眠りした。

夕方に起き、長風呂に浸かった。

午後七時、五郎を除く、義心会の全員が事務所に顔を揃えた。けさをもって矢島の監視をやめさせた。その意図を伝えるため皆を招集したのだった。

路地に入り、雑居ビルの階段を降りた。『薔薇』の扉を開ける。

ピアノの音色に迎えられた。

テーブル席は五分の入りか。人声は届かない。いつも静かな店である。『薔薇』は日付が変わってから花開く。クラブやキャバレーの女が酔客とやってくる。が、ナイトクラブ『花園』のように賑やかになることはない。イタリア料理をつまみながら、酒と会話をたのしんでいる。

初めて美山に連れてこられたとき、こんな店が流行るのかと思った。いまはママのセンスの良さと、時代を摑む感性に感服している。

県警四課の中原はカウンター席の端にいた。

長い髪の女と話している。ベージュのブラウスに紺色のロングスカート。制服を着た女らは客席に座らない。客との長話も禁じられている。

中原はそんなことに頓着しない。

村上は二人に近づいた。

「このおっさんは相手にするな。あほになるで」

女がクスッと笑う。中原との会話はたのしかったようだ。

中原にも声をかける。

「むこうに移るか」

「ここでええ。辛気臭い顔をまともに見ながらでは酒が不味くなる」

「ほざいてろ」

村上はとなりに腰をおろした。

バーテンダーがおしぼりを差しだした。「何になさいますか」

カウンターにバランタイン21とレミーマルタンのボトルが立っている。

「バランを、水割りで」

言って、顔を横にふる。

「ここは兄貴と来たのか」

「ああ。きょうが二度目や」

「二度目で女にちょっかいをだしていたのか」

「それが飲み屋での作法よ。女は男に口説かれてきれいになる」

「あほくさ。疫病神に口説かれる女は不幸の極みや」

「おまえは俺の本性がわかってない」

「ただのろくでなしや」

「見た目でものを言うたらあかん。俺は博愛主義者。フェミニストともいう」

「そうですか」

相手にするだけ疲れる。

「廻状がまわった日、美山と大倉山を訪ねたそうやな」

「誰に聞いた」

「大倉山の主よ。昼間に様子を見に行った。けど、話の中身は話さんかった」

「それを知りたくて電話をよこしたのか」

義心会の皆と話しているさなかに電話が鳴った。

「まあな。ちかごろ、松原も美山も口が重い」

「俺は軽いのか」

「そうでもないが、単純で、わかりやすい」

「あ、そう。俺は何でも答えてやる。その前に教えろ。大倉山でどんな話をした」

中原が小首をかしげた。さぐるような目つきになる。

「なんや」

「松原と美山。よほど込み入った話をしたようやな」

「…………」

村上は眉をひそめた。

やはり、単純で、わかりやすいのか。それでも警戒心はめばえない。中原は油断できない男だが、敵にまわることはないと思っている。

自分の心中を見透かされても知りたいことがある。松原の胸の内だ。

――一神会を護るのも若頭の務めやと思うが――

――一神会に護るものがありますか――

そんなやりとりのあと、美山が言葉をたした。

――理事長の引退が条件です――

松原は返答を避けた。

そのことはどうでもいい。要は引退を決意するかどうかだ。その時期も気になる。松原が引退を表明すれば、美山は動く。たとえ一神会に同調する者がいなくても、美山は美山組の総力を挙げて神侠会と闘うだろう。

そうなってからでは遅い。美山が動く前にケリをつける。

美山と松原のやりとりを聞いているうち決心したことがある。

標的を佐伯ひとりに絞った。佐伯は神侠会を分裂させた張本人である。三代目姐の威光を笠に執行部が決めた人事案件を反故にした。

佐伯が死ねば、神侠会の実権は若頭の五十嵐に集中する。美山と五十嵐が連携すればあらたな道が拓ける。そう確信している。可能性の低い願望なのかもしれない。けれども、行動をおこさなければ何も始まらない。

村上はためらいを捨てた。

「あんたとおなじ。美山の兄貴は理事長に引退を進言した」

「なるほど。それで合点が行った」

「どういう意味や」

視線をそらし、中原がグラスを手にする。水割りをゆっくり飲んだ。

「おとといの夜、松原と五十嵐が須磨の旅館に入った」

「ほんまか」腰がうきかけた。

「確かや。二人とも警察の監視を気にするふうもなかったそうや。俺はきのうの夜にそれを知った。確認のため、きょう大倉山を訪ねた」

「理事長にとぼけられた。で、口の軽い俺を呼びだした」

「きょうは冴えてるやないか」

「うるせえ」

邪険に言い、村上は煙草をくわえた。

松原は五十嵐に引退の意志を伝えたのか。松原と五十嵐の面談を美山は知っているのか。松原が引退の意志を固めたのなら近日中に美山から連絡があるだろう。

「いよいよか」

声がして、村上は視線を戻した。

「なんの話や」

「隠しても顔に描いてある。ほんま、おまえは単純や」

「そうかい。なら、お礼に情報を吐きだせ。神俠会はどうしている」

「複数の暗殺隊が暗躍している。廻状がまわったあと、枝の幹部数名が姿を消したらしい。それ以前に潜った連中を加えると、暗殺隊は五、六組になるやろ。五十人は超えているとの情報もある」

「本家の指示か」

　中原が手のひらをふる。

「七日の会議で、執行部は先制攻撃を仕掛けないことを再確認した。が、そんなことはお構いなしや。直参の誰もが、手柄ほしさに動きだした」

　村上は頷いた。

　連日のように全国各地で抗争事件が発生している。これまでに死者三名、負傷者三十五名。きのうは初めて神俠会側にも死者がでた。

　抗争が激化すれば、双方の幹部連中は防御を固める。警察も警備を強化する。そのことも村上を焦らせている。

「いらっしゃいませ」

　女の声に、村上は視線をふった。

　美山だ。気づいたのか、こっちに歩いてくる。

「おまえが呼んだのか」中原が言う。

「俺やない。兄貴にうっとうしい話はするな」

言って、村上は立ちあがった。

村上の肩に手をのせたあと、美山が腰をおろした。

「ひとりか」中原が訊く。「宮本は」

「知るか」

美山がバランタイン21のボトルを手にした。近寄る女を制し、自分で水割りをつくった。美味そうに咽を鳴らし、中原に顔をむける。

「ギイチを焚きつけるなよ」

「心配なら港の倉庫にでも監禁せえ」

「あほくさ」

「おまえはどうよ。のんびり酒を食らってる場合か」

「じたばたしても始まらん」

美山のもの言いはそっけない。

胆を据えているのだ。これまでも何度か、そういう美山を見てきた。

中原もおなじように感じているのか。きわどい話をしながらも、美山の神経を逆なでするひと言は口にしなかった。美山を見るまなざしは心配そうにも見える。

「息抜きもいいが、用心しろ。おまえの命は一等賞や」

「二等三等もあるんか」

「はあ」

中原が目をぱちくりさせた。すぐに破顔する。人差し指で目尻を拭った。

「おい、ギイチ。こいつは狂うた。二十代のころの美山に戻ったぞ」

こんどは村上が目をしばたたいた。

「そんな古いつき合いなんか」

「ああ。松原組に入ったころはどうしようもないやんちゃ者でな。松原のおっさんを警護しているときは、近寄っただけで殺されるかと思うた」

「やめんかい」美山がやんわり言った。「昔話はあの世でせえ」

「あいにく、おまえらとは行き先が違う」

「どの口がほざく」

「この口よ」

村上は、二人の掛け合いが耳に入らなかった。

――二等三等もあるんか――

あれはどういう意味なのか。一神会をひとりで背負うのか。

ママが近づいてきた。コバルトブルーのワンショルダードレス。いつにも増して、白い肌が際立っている。

「いらっしゃいませ。中原様はご機嫌がよろしそうですね」

「聞いたか。中原様や。おまえらも見習え」

目尻が垂れている。ママにも話しかける。

「こいつら俺を雑巾みたいに扱うねん。塵のくせに」

「あら。でも、塵がなければ雑巾も役に立ちませんよ」

「おっしゃるとおりや。塵なしでは美味い酒にもありつけん」

ママの目が三日月になった。

中原があおるように水割りを飲んだ。グラスを空にする。

「ギイチ、出かけるぞ」

「どこに」

「俺の歌を聞かせたる」

中原が立ちあがる。美山にも声をかけた。

「佳乃におる。あとでこい」

クラブ『佳乃』も美山のなじみの店だ。先日、宮本と三人で遊んだ。

返事も聞かずに、中原がフロアを歩きだした。

村上は美山を見た。

にこにこしている。中原の気遣いがうれしかったのだろう。

★　★

三人の乾分が台所と居間を往復する。

四角い座卓の上にカセットこんろを置き、円形の鉄鍋をのせる。白菜や椎茸がてんこ盛りのザルに、豆腐と糸こんにゃくの皿。ボウルには十個の玉子がある。

吉川は鉄鍋にヘットの塊を入れた。脂が溶け、香ばしい匂いが立ちのぼる。

座卓を囲む乾分らの口元が弛んだ。

スキ焼用の神戸牛を三キロ用意した。神戸に来て初めての贅沢料理である。

――ステーキを食って、生肉を抱け。出陣前の作法や――

青田組前若頭の岡林のおかげだ。

「玉子を割れ。食うぞ」

乾分らが殻を割り、とり皿におとす。二個入れる者もいる。

鉄鍋に牛肉を敷き、ザラメをおとす。醬油を垂らした。ジュッと音が走る。

「行け」

三方から箸が伸びる。あっという間に肉が消えた。また焼く。しばらく吉川の口には入りそうにない。ビールを飲みながら菜箸を動かした。

牛肉が半分になった。豆腐と糸こんにゃくを入れ、椎茸を端にならべた。手づかみで白菜と長ネギをのせ、ザラメと醬油をかける。

乾分らが箸を休め、グラスを手にした。皆の額に汗が光っている。

「いよいよや」

ひと声はなち、吉川は皆の顔を見た。

一神会副理事長の大村を殺る。そう決めた。あすか、あさってか。

大村は、二週間に一度、自宅近くの理髪店に行く。乾分がこれまで三度目撃した。滞在時間は約一時間。二人の若衆が店の前で警護するという。

「嘉男は運転。トオルとヒロシは、若衆の注意をひけ。店の前の路上を歩き、店の中を覗くような仕種をするだけや。若衆が気を取られた隙に、俺が飛び込む」

「俺も行きます」嘉男が言う。

「あかん。長い懲役は俺ひとりで充分や。おまえらには拳銃を持たさん。俺が中に入ったら車で逃げろ」

「親分をほうっては行けません」トオルが口をとがらせた。

ヒロシと嘉男が同調する。

「ほな、車で待て。むこうが拳銃を飛ばしたら逃げろ」

「俺に拳銃を持たせてください」トオルが言う。「応戦します」

吉川は首をふった。

「おまえらにはやることがある。拳銃がなけりゃ、パクられてもせいぜい二、三年。ベントウをもらえるかもしれん。娑婆に出たら、姫路に帰って稼業に励め。俺が出てくるまで組を護れ。ええか」

皆がこくりと頷いた。

乾分らにやれるかどうかわからない。が、青田組はあてにできない。姫路の事務所で談判したあと、青田組長からの連絡は途絶えた。そんなものだと諦めている。

鉄鍋がグツグツ音を立てる。

「全部たいらげろ」

吉川も箸を持った。

同時に、電話が鳴った。
乾分らの動きを手で制し、座卓の下の電話機を引き寄せた。
《吉川はおるか》
だみ声がした。青田だ。
「俺です」
《出番や。こんや大村の家を襲撃する》
「どういうことです」
《矢島の叔父貴から連絡があった。ダンプカーで突っ込むと》
「それでは仕留められません」
《うるさい。これは決定や。水谷組の連中と合流せえ》
「ほかの者を行かせてください。俺は確実な方法で大村のタマを獲ります」
《つべこべぬかすな。ほかの連中は一神会本部を狙う。同時襲撃や》
「堪えてください。必ず大村を仕留めますさかい」
《一人前の口をきくな。さんざん待たせておいて。こんやが男になる最後のチャンスや。親の言うことがきけんのなら縁を切る。絶縁や。姫路からつまみだす》
青田がまくし立てた。

吉川は歯嚙みした。血管が切れそうだ。

《十時ごろ、そっちに電話がある。準備して待っとれ》

通話が切れた。

吉川は受話器を置いた。叩きつける気にもならない。

「何ですの」トオルが訊く。

ほかの二人も不安そうな顔をしている。

「こんや、大村の家にダンプカーで突っ込むそうや」

「あほな」

トオルが頓狂な声を発した。

ヒロシが顔を突きだした。

「そんなことをされたら、俺らの計画がパアになります」

「わかってる。けど、しゃあない。参加せんかったら絶縁すると……俺らを姫路から追放するとほざかれた」

トオルとヒロシの表情が曇った。

「親分が嫌なら」嘉男が小声で言う。「ことわってください」

「そうもいかんやろ。おまえら、姫路を離れ、堅気になれるんか」

トオルとヒロシが押し黙った。トオルには姫路に女がいる。ヒロシは病気がちの母親と二人暮らしだ。そういうことも考慮して青田に談判したのだった。

嘉男が口をもぐもぐさせた。言いたいことはわかった。

――百姓もいいですね――

田んぼを見ながら言ったことを憶えているのだ。

あのとき、吉川もその気になった。が、夢の、また夢である。

鍋の具材が煮詰まっている。気づき、吉川は火を消した。煙草をくわえる。ライターの火をつけようとして動きを止めた。

玄関のほうで靴音がする。複数だ。ドアを叩く音がした。

「吉川、おるか。姫路署の者や」

野太い声がした。

「親分」

トオルが立ちあがる。窓のそとを見た。

「裏にもいます」

「うろたえるな。姫路署に攫われる憶えはない」

ドアを叩く音が激しくなる。話し声も聞こえた。

「道具を隠せ。俺が時間を稼ぐ」

用心のために床板一枚をはずしてある。

嘉男が畳を持ちあげる。トオルが押入れを開けた。

それを見て、吉川は玄関にむかった。チェーンをかけたままドアを開く。

ガシャと音がした。思いっきりドアノブを引いたのだ。

「なんですの」

「吉川だな」男が声を張る。胸の前で用紙をひろげた。〈逮捕状〉とある。「監禁、傷害、および恐喝の容疑で、このとおり逮捕状がでている」

「身に憶えがないわ」

「去年の九月、姫路市内の飲食店経営者を店から連れだした」

吉川は顔をしかめた。

競輪のノミ屋の客だ。負け分の支払いが滞り、身柄を攫って痛めつけた。男の妻に連絡し、五十万円を用意させた。カネにこまっていないのはわかっていた。

それにしても合点が行かない。別件逮捕なのはあきらかだ。タレコミか。小心者の経営者が訴えたとは思えない。あの件を知るのは身内だけである。

「とっとと開けろ。家宅捜索の令状もある」

吉川はチェーンをはずした。

拳銃二丁と短刀二振りはあっけなく見つかった。乾分らは銃刀法違反の容疑で現行犯逮捕された。簡単な訊問のあと、三台の車に分かれて乗せられた。

吉川が乗る車には姫路署刑事課四係の係長が同乗した。顔見知りだ。

「誰を狙っていた」

「なんの話や」

「とぼけるな。まあ、いい。おまけの拳銃二丁。点数がはねあがった」

係長がニッとした。

「タレコミか」

「誰とは言わんが、感謝しろ。相手が極道でも殺せば長い刑務所暮らしになる」

「ふん」

吉川は窓に顔をむけた。

ネオンが灯っていた。暗く沈んで見える。福原の柳通にはちらほら男がいた。やり手婆たちが手招きしている。食事のあと、皆を連れて行く予定だった。

窓ガラスに己の顔がある。表情が弛んでいた。

★　　★

成澤が足音を立て、入ってきた。眦がつりあがっている。
五十嵐は手のひらを突きだし、話を続けた。
「われの指図か」
《矢島組、青田組との連合ですわ。うちが大村の家、青田組が一神会本部。きのうの件は佐伯代行も承知のことです》
「よくもぬけぬけと。覚悟はできてるんやな」
《処分するならあまんじて受けます。が、片手落ちはなしでっせ》
「どういう意味や」
《成澤は関西のあちこちで騒ぎをおこしている。鈴井も加担してるそうや》
「地場のもめごと。状況が違う」
《そんなあほなことを言うてたら、若頭の器量を疑われまっせ》
「喧嘩売ってんのか」
《進言ですわ。それに、俺や成澤らを処分すれば、どうなります。執行部は半分が空

席になる。そうなりゃ、若頭の責任が問われる》

「ほざくな。われ、吐いた言葉を飲むなよ」

五十嵐は受話器を叩きつけた。

成澤が顔を近づける。

「誰よ」

「水谷や」

五十嵐はテーブルの新聞に指を立てた。

朝刊の一面に大見出しが躍っている。

〈一神会最高幹部の自宅にダンプカーが突っ込む。ダイナマイト爆破か〉

〈一神会本部で発砲事件〉

締め切り間際だったのか、本文の記事は数行しかない。

「電話をよこし、自慢しやがった」

「図に乗りやがって。けど、ほっといたらええ。むこうは誰ひとり傷を負うてない。目立ちたがり屋のパフォーマンスに過ぎん」

「そうはいかん。造反者をほうっておけば収拾がつかんようになる」

「それならそれで願ったりや。俺が一神会の息の根を止めたる」

「それこそ代行の思う壺や」

成澤が顎を突きだした。

「どういう意味よ」

「水谷は、堂々と佐伯の関与を認めた。その上で、処分はあまんじて受けると。ただし、おまえや鈴井を道連れにするともぬかした」

「そうか」成澤が目をまるくする。「そうなれば、執行部は代行と若頭、三重の柳下の三人か。分が悪いのう」

「俺の責任が問われるともほざいた」

「くそめんどい。水谷のタマも獲ったる」

成澤が感情を剝きだしにした。顔は紅潮している。

「あほか」

「ほな、どうする。代行らをのさばらせておくんか」

「あした、執行部を集める。幹部の皆に自粛をうながし、下の連中には勝手な行動を慎むよう通達をだす」

「それで収まるとは思えん。こうしている間にもドンパチがおきているかもしれん。本部が襲われたんや。一神会も報復に走る」

「…………」

五十嵐は口をつぐんだ。

言われるまでもない。もはや抗争は避けられない。全面戦争も覚悟している。

だがしかし、松原との約束がある。松原の返答を待つのが筋目というものだ。佐伯と電話で話をし、会議を翌日にしたのも時間稼ぎのためだった。

「あしたは俺を止めるなよ」

成澤が絡みつくように言った。

「好きにせえ。けど、手はだすな」

言い置き、五十嵐は腰をあげた。

「どこに行く」

「花隈や」

けさ、西本組の幹部に招集をかけた。あらゆる状況を想定し、打てる手はすべて打つ。末端の組織にまでそれを徹底させる。

「若頭も腹を括ったか」

「…………」

五十嵐は眉をひそめた。

どうやら西本組の内情は筒抜けのようだ。情報源は若頭補佐の末永だろう。成澤と末永のしがらみはわかった。が、いまは胸に収めている。高がカネの力。そのもろさを知っているのはほかならぬ成澤である。

――なんぼカネを握っても不安は消えんかった……カネはあるに越したことはないが、男に必要なんは地位や。人は肩書で判断する……――

成澤がそう信じているかぎり、自分を裏切ることはない。

自分に成澤が必要なのも自覚している。

空はまだあかるい。

不安がる若衆らを残し、五十嵐は西本組事務所を出た。

――美山が会いたいそうです――

割烹『ゆう』の女将から電話があった。一時間ほど前のことである。西本組の幹部会議をおえ、自室でぼんやりしていたときのことだった。

幹部の大半は血気に逸っていた。矢島や水谷に後れを取ったと思う連中である。末永に至っては一神会幹部を殺る準備はできていると豪語した。

五十嵐は黙っていた。もはや言葉で皆の行動を封じるのはむりである。

手打ちか、交戦か。松原の返答ひとつにかかっている。どちらになっても対応できるよう心構えはできているつもりだ。

幹部全員の意見を聞いたあと、意思を伝えた。

——あす、執行部の方針が決まる。それまで勝手な行動は慎め——

期限を切ることに忸怩たる思いはあった。松原の英断を待ちたい。松原に連絡し、確認したいとも思った。が、それは分を超える。松原に対して非礼でもある。執行部の会議が始まる前に連絡があるのを願うしかなかった。

美山はどんな話を切りだすのだろうか。

松原が引退を決意したのであれば、みずから連絡してくるはずである。

——幹部らと膝詰めで話し、皆の意見を聞く——

一神会の幹部らは松原の引退に反対したのか。それは当然のように思う。彼らにとって松原は精神的な支柱である。松原自身もそれを認めている。

——大村らの生きる場所をつくってやりたかった。やつらは美山とは違う。旗がなければ生きては行けん。共に生きた仲間への餞別みたいなものよ——

あの言葉に賭けている。松原が引退の意志を示せば一神会は瓦解する。

藍染の暖簾の前に立った。

人の声がする。格子戸越しに客の気配を感じた。

「いらっしゃいませ」

あかるい声に迎えられた。女将の優子は見慣れた笑顔だった。

カウンターに二組の客がいる。どちらの席もたのしそうだ。

五十風は彼らのうしろを通りぬけた。靴を脱ぎ、座敷の襖を開ける。

美山は座椅子にもたれ、腕を組んでいた。

座卓にはまるい皿と小鉢がある。箸を付けたようには見えなかった。

五十嵐は無言で腰をおろした。

自分から声をかけるのは気が引けた。昨夜の襲撃事件がある。

一神会本部を襲撃した連中は七発の銃弾を浴びせた。現場近くで警戒中の警察官も発砲した。襲撃者のひとりが負傷し、逮捕された。ほかの者は逃走したという。

大村家を襲った連中はダンプカーで門を破壊し、庭にダイナマイトを投げ込んだ。実行犯の三人は現場に居合わせた警察官に取り押さえられた。

どちらも〈ガラス割り〉の域をでないけれど、一神会の面子がつぶされたことに変わりはない。それを詫びることは、神俠会若頭として当然できない。

部屋の空気が重く感じる。

五十嵐は徳利を持ち、盃に注いだ。

「あわただしいときに呼んで、すまん」

美山が言った。感情のない声だった。

「用か」

「ああ。まずは食ってくれ。話はそれからや」

美山は落ち着き払っている。きのうの出来事を知らないかのようだ。

五十嵐は上着を脱いだ。

いつものように。自分に言い聞かせる。

神俠会に面倒がおきるたび顔を合わせてきた。二人の意思が合致することは稀だった。けれど、目を見て話すうちに心は凪ぎ、納得して別れたのを憶えている。

ジュンサイの食感に舌がよろこんだ。マゴチの薄造りには頷いた。どちらも初夏を感じさせる食材である。それよりも、味覚を感じられたことがうれしかった。

ほどなくして女将の優子が入って来た。

「ごめんなさい。いっぺんに持って来ました」

女将の気遣いなのはわかる。部屋への出入りを控えようとしたのだ。

稚鮎の天ぷら、イイダコと野菜の炊き合わせ。鱧の照り焼きもある。

ひと通り口にし、美山が箸を置いた。酒をゆるりと飲み、目を据える。

「理事長は引退の意志を固めた」

「ほんまか」声がうわずった。

美山がこくりと頷く。

「きのうまでに幹部全員と面談したそうや。皆が望郷の念を捨てきれないでいる。口にしなくても、理事長はそれをひしと感じた。自分が引退することで、皆の心が解放される。理事長はそう思ったらしい」

「………」

返す言葉が見つからない。

そんなばかな。頭のどこかで声がした。

望みどおりの朗報なのに素直によろこべなかった。何のために松原は神侠会を離脱したのか。憤りがこみあげる。

「けさ、理事長は大村さんに電話をかけた。昨夜の件があったからな。大村さんの腹次第では考えを改めるつもりだったのかもしれん。が、大村さんはますます弱気になっていたそうだ。報復のひと言も聞けなかったと」

美山が淡々とした口調で言った。

「友定もおなじか」

「忸怩たる思いはあるやろ。けど、理事長の意志には逆らわん」

五十嵐は視線をおとした。

訊きたいことは山ほどある。提言もある。が、堪えた。傷ついているだろう美山の心に塩をこすりつけるわけにはいかない。盃を持ち、吐息をこぼした。

美山が煙草を喫いつけた。

「あさって、会議を開く。その場で表明することになる」

「一神会はどうなる」

「わからん。皆の考えもある」

「相談がある」

「なんや」

「あした執行部が集まる。理事長引退の件、話してもいいか」

美山が薄く笑う。「強硬派に押されてるわけか」

五十嵐は苦笑を洩らした。

「足元もあやうい」

「ええやろ。理事長にはあとで報告しておく」

「感謝する」

本音がこぼれでた。

後先になればどうなるか。想像するだけで背筋が冷たくなる。酒を飲んだ。辛口なのに気づいた。じわりと神経が弛んだ。

「兄弟は、どうする」

「決めかねている。一神会か、美山組か。あさっての会議の結果次第や」

「ほかの選択肢はないのか」

「ない」

強い声がした。

呪縛が解けた。前かがみになる。

「考え直せ。激減したとはいえ、一神会は五千人を超える組織や。束ねて、戻ってこい。そうすれば、執行部に戻ることもできる。あたらしい道が拓ける」

「くだらんことを言うな。身内が五千人いようと、一億人いようと、美山勝治は俺ひとり。数の力で生きて行こうとは思わん」

「…………」

美山が変わるはずもない。わかっていたが、肩がおちた。

「そのことも話してかまわん」

五十嵐は首をふった。

そんなことをすれば、強硬派が勢いづくだけである。松原引退で道筋が拓けようとも、手柄をほしがる輩はわれ先に美山の命を狙うだろう。

「兄弟のことは、またの機会にしよう」

五十嵐は上着を手にした。

「きょうはタクシーで帰れ」

「宮本は」

「板場におる」

五十嵐は目を白黒させた。

「ドスを包丁に持ち変えるのか」

「さあ」美山が首をひねる。「この先、俺のそばに置いておくわけにはいかん。あいつの気性は藤堂そっくりや」

言って、美山が頬杖をついた。

翌朝、五十嵐は兵庫区菊水町の神戸拘置所に足を運んだ。

小一時間待たされて面会室に入った。

ほどなく藤堂があらわれた。目が合う。藤堂は無言で椅子に座った。表情も変わらなかった。首のまわりが弛んだように見える。

初めて言葉を交わしてから二十年になるか。

見知ったのはもっと前だ。神戸の街から闇市が消えかけていたころである。

神俠会三代目から親子盃を受けた谷口が西本組事務所を訪ねて来た。そのとき、事務所で顔を合わせた。挨拶を交わさず、ただ睨み合っていたのを憶えている。藤堂の双眸は挑むような光を宿していた。

歳月が流れ、藤堂が谷口組の若頭に就いたとき、初めて口を利いた。おなじ組織に属していてもそんなものである。しかも、西本と谷口は反りが合わなかった。にもかかわらず、西本は藤堂を買っているようだった。

――この男は見処がある。この先、仲ようせえ――

披露目の宴で、西本にそう言われた。

西本は人見知りが激しく、口下手だったけれど、人を見る目はあった。神俠会内の派閥に関係なく、見込みのある男は分け隔てなくかわいがった。

その筆頭が美山であった。美山が異例の若さで神俠会直参になれたのは、松原の力に加え、西本の強い推しがあったからだと聞いている。直後、西本を後見人に、五十嵐は美山と五分の兄弟盃を交わしたのだった。

そのころから、若手三羽烏と言われるようになった。定かではないが、西本が酒席でそう口にしたのが始まりだと聞いている。

西本と距離を置いていた松原も三人をかわいがった。

「どうした」藤堂が言う。「声を忘れてきたのか」

五十嵐は目尻をさげた。

「報告があってきた」ひと息ついた。「松原理事長が引退する」

「…………」

藤堂は眉毛の一本も動かさない。

「美山の兄弟は一本で生きるそうや」

「会うたんか」

「きのう、ゆうで話をした」

藤堂の顔がほころんだように見えた。『ゆう』と聞いて感情が動いたか。

「俺らの夢は、消えた」

「違うやろ」

「ん」

「三人の誰かがてっぺんに立つ。そうやったと思うが」

「たしかに。けど、俺は勝手に決めていた。俺かおまえが神俠会のてっぺんに立ち、美山の兄弟は若頭に就く」

「俺の若頭の目はなしか」

「おまえに組織を束ねられるか」

「むりやな」藤堂が目で笑う。「美山の若頭は賛成や。あいつは烏合の集団をどうするか。そればかり考えていた」

「そうよな。けど、諦めた」

「つぶすのか」

「…………」

五十嵐は頭《かぶり》をふった。藤堂に安易な言葉は吐きたくない。

「しょせん極道。義や道理で生きて行けるわけがない」

言って、藤堂が刑務官に目をやる。

声を発する前に話しかけた。

「谷口さんは故郷に帰った。美山の兄弟の伝言や」

生家に帰ったのは事実だ。言伝は頼まれなかった。

「宮本は、ゆうの板場におった」

藤堂が目を細めた。

「もう来るな。おまえには立場がある」

言い置き、藤堂が立ちあがった。

ひとまわりおおきくなったように見えた。入ってきたときはそう感じなかった。

★　★

バイクが速度をおとした。

村上は身体の力をぬいた。生まれて初めてバイクに跨った。

グレーのマンションの前で停まる。

路上に立ってヘルメットをはずし、肩をまわした。

「このマンションです」

宮本が身体をひねり、道路向かいの煉瓦色の建物を指さした。

「あのマンションの三〇三号室です。こっち側が通路になっています」

「玄関が見えるんやな」

「はい」

宮本がハンドルに掛けていた紙袋を差しだした。新神戸駅で駅弁を買った。

「用がなければ、食って帰れ」

「そうします」

宮本がマンションの陰にバイクを移動させた。


エレベーターで四階にあがった。スペアキーで四〇四号室のドアを開ける。

村上は初めて訪ねた。大阪の地理はわからないので宮本を頼ったのだった。

「ご苦労さまです」

五郎が声を発した。

五郎と裕也、鉄二が常駐している。宮本が佐伯を尾行し、姫島のマンションを突き止めたのは五日前だった。翌日、アジトにする部屋を借りた。それからきのうまで佐伯は大阪に足をむけなかった。佐伯が昼間に姫島に行くのは確認していない。

二DK。ひろすぎるし、家賃が高いけれど、佐伯の女が住む部屋を監視するのに適した場所はほかになかった。一発勝負。しくじりは許されない。

村上は手前の和室に入り、胡坐をかいた。

六畳の真ん中に折り畳み式の卓袱台が一つ。家具はそれきりで、壁際にボストンバッグがある。玄関脇の台所も殺風景だった。

村上は煙草を喫いつけた。

「裕也は」

「となりで寝てます。夕方六時の交替です」

六時間ごとにひとりが寝るのだという。

「鉄二は」

「ベランダにいます。呼びますか」

「いらん。おまえら、昼飯は食ったか」

「まだです。親分が来てからにしようと思っていました」

「飲み物はあるか」

「麦茶とビールが」

「麦茶をくれ」

五郎が台所へ行く。

宮本が紙袋から駅弁を取りだした。

それで思いだした。

「新神戸駅にいたのは神侠会の連中か」

「はい。バッジを付けていました。十人ほど。誰かを迎えに来たようでした」

村上は眉根を寄せた。

本家で会議か。そう思う。義心会の事務所を出る直前に電話が鳴った。

──佐伯が本家に入りました──

若頭の孝太から報告があった。午前十一時半のことだった。

それから一時間半が過ぎている。

村上は黒い電話機を引き寄せた。前の居住者が不動産屋に電話機の転売を依頼したらしく、権利付きの十万円で購入できた。電話がなければ話にならない。

《義心会です》新之助の声だ。

「孝太から連絡はあったか」

《あれからないです》

「連絡があれば、すぐ大阪に電話するよう伝えろ」

新之助はアジトの場所を知らない。佐伯の女が姫島に住んでいることも教えていない。佐伯の監視を続ける孝太もおなじである。情報が洩れるのをおそれた。決行のあとのことも考えた。義心会と若衆の将来もある。

五郎が薬缶を持ち、プラスチックのグラスに麦茶を注いだ。

「宮本も食え」

三人で弁当を開いた。神戸牛弁当は賭場の客のために用意することもある。東門の洋食屋『赤ちゃん』と新神戸駅。事務所からの距離はほとんど変わらない。

食いながら、宮本に話しかけた。

「兄貴に変わった様子はないか」

「ないです」

「あした、一神会の本部で会議をやるそうやが、なにか聞いたか」

「いいえ。美山の叔父貴は何も話してくれません」

村上は首をひねった。

何も聞かなくても、宮本は美山のそばにいる。耳に入ることもある。見て感じることもあるだろう。そう思っても、宮本を問い詰める気にはなれない。

食べおわり、宮本が空箱とグラスを台所に運んだ。

「ごちそうさまでした」

「世話になった」

「ご武運を」宮本が真顔で言う。

村上はにこりとした。宮本は決行が近いのを察しているのだ。

「兄貴を、頼む」

「はい」

力強い声を発し、宮本が玄関にむかう。

見送った五郎が戻って来た。

「いいやつですね」

「おまええもええ男や」

五郎が相好を崩し、村上の前に胡坐をかいた。

電話が鳴る。村上は受話器を耳にあてた。

「俺や」

《孝太です》

「むこうの本家の様子はどうや」

《佐伯が入る前後に、十四台の車が敷地に入りました。警察官やマスコミの連中が大勢いて、門の近くには近づけません》

「佐伯の車だけは見失うな」

通話を切った。

五郎が卓袱台に両肘をついた。

「なにかあったのですか」

「会議やろ。日増しに地方での抗争が激しくなってきた」

「それが心配です」五郎が眉をひそめる。「先を越されはしないかと」

「他人のことは気にするな。俺は手柄がほしいわけやない。極道の意地や。筋目や。ぶっちゃけた話、誰が佐伯のタマを獲ろうと文句は言わん。おまえらを懲役に行かさんで済むのやさかい、感謝したいくらいや」

本音である。

だが、一神会に佐伯を殺るやつがいるとは思えない。そもそも幹部の大半は神俠会との戦争を望んではいない。

心配はある。状況の激変だ。神俠会の動きは無視しても、松原と美山の動向は気になる。大倉山での松原と美山のやりとりが頭に残っている。

――五十嵐に会ってください――

――会うてどうする――

――引退を宣言してください――

松原は明確な返答を避けた。

――おとといの夜、松原と五十嵐が須磨の旅館に入った――

中原の言葉にうろたえた。

自分が蚊帳の外に置かれているのは自覚している。それでも美山の胸中は読める。松原が引退すれば、美山は動く。ひとりでも神俠会と対峙する。

美山が態度を明確にすれば、村上は自由を削がれる。これまでは自分を自由にしてくれたけれど、美山が先頭に立てばそうは行かなくなる。

要は時間の問題である。

美山が動く前に、佐伯を殺る。あとは美山の武運を祈るのみだ。ふたたび美山と五十嵐が連携すれば難局を打開できるとの期待も抱いている。

「きょうがチャンスかもしれん」

願望が声になった。

五日前は水谷が佐伯に同行し、あとから矢島がミナミのクラブに駆けつけた。神俠会本家で会議が行なわれるのならおなじ状況になる可能性はある。

「腕が鳴ります」

「歯が鳴ってるのと違うか」

村上がからかうと、五郎が神妙な顔をした。強気の五郎にしてはめずらしい。

「弾があたるか心配で。きのうもしくじった夢を見ました」

「それが普通よ」

五郎と裕也は人にむかって発砲した経験がある。どちらも防御のためだった。年に二、三度は六甲山にのぼり、樹木を的に射撃訓練もした。とはいえ、殺人が目的となれば精神状態が異なる。自分が撃たれるのと同様の恐怖心がめばえる。

「ビールをくれ」

五郎が台所の冷蔵庫から小瓶を持って来た。

グラスに注いで飲む。

「ひと眠りする。裕也が起きたら、起こせ。電話もでる」

「わかりました。布団をこっちに運びますか」

「ああ。それと、鉄二に弁当を食わせてやれ」

五郎が部屋の隅に布団を敷く。

肩をゆすられ、目が覚めた。

「五時半です」五郎が言う。

腕を伸ばし、パッケージを手にする。一服して身体を起こした。

部屋には五郎ひとりだ。

「裕也は」

「台所です」

カレーのにおいがする。

裕也の料理の腕は確かだ。十代のころ日本料理店で修業していた。血の気が多く、先輩を痛めつけてクビになったという。村上も三宮の路上で喧嘩を売られた。かろうじて叩きのめし、それが縁で親子盃を交わした。

洗面所で顔を洗い、部屋に戻って胡坐をかいた。

ほどなく電話機が鳴った。

《孝太です》

「動いたか」気持が逸った。

《たったいま、ミナミに入りました。心斎橋のホテルのラウンジにいます》

「何人や」

《水谷と、三重の柳下が一緒です》

「取り巻きは何人おる」

《車が五台。十人はいると思います》

《わかった。移動したら連絡せえ》

通話を切り、息を吐いた。

にわかに血が騒ぎだした。卓袱台に薬缶がある。麦茶を注ぎ、ひと息にグラスを空けた。立ちあがり、ベランダに出る。

鉄二が双眼鏡を覗いていた。

「女はあらわれたか」

「はい」双眼鏡をはずした。「五時前でした。着物を着て、タクシーに乗りました」

「髪は」

きょとんとしたあと、鉄二が頬を弛める。

「垂らしていました」

村上は頷いた。鉄二は勘がよさそうだ。

女は美容室に寄って、佐伯らと合流するのか。宮本によれば、道路が混んでいなければミナミには約二十分で着くという。深夜は五分ほど早くなるとも聞いた。

「親分」五郎の声がした。「事務所から電話です」

部屋に戻り、受話器を耳にあてる。
「なんや」
《本部の若頭から電話がありました。連絡がほしいとのことです》
受話器を戻し、首をひねった。
急用だろうか。状況が変化したのだろうか。
村上は受話器に手を伸ばしかけて、やめた。
孝太の報告を聞く前なら迷うことなく電話をかけていた。
卓袱台を囲み、四人で晩飯を食べた。静かな食事だった。

空は群青色に染まりつつある。地上は風がないのに、頭上の雲は吹き飛ばされるように流れている。こんやの天気予報は雨だが、その心配はなさそうだ。

食事をおえ、ひとりでそとに出た。周辺の地理を確認しておきたかった。五郎らの神経を休めさせたかったこともある。孝太からの二度目の電話のあと、三人の表情はあきらかに硬くなった。口数もめっきり減った。

目の前を四十年輩の男が通り過ぎた。ネクタイが弛んでいた。職場でうれしいことでもあったのか、家でたのしいことが待っているのか。笑っているように見えた。くたびれかけた鞄をゆらしながらむかいのマンションに消える。

村上は道路を渡った。

マンションの玄関前の左右に長さ四、五メートルの植え込みがある。サツキか。濃い緑色の葉のところどころ、萎れた花がへばりついている。

玄関のドアを引き開けた。正面にエレベーターが見える。その左手に鉄扉。白いプラスチックの札に〈非常階段〉とある。

鉄扉にむかいかけて、足を止めた。五階に停まっていたエレベーターが動きだしたからだ。そとに出てふりむく。

三十代とおぼしき女がエレベーターから出てきた。赤と白のチェック柄のスカートを穿いた娘の手を引いている。幼稚園にも通っていない歳か。

マンションを離れた。五郎が描いた略図を思いうかべながら周辺を歩いた。阪神神戸線の姫島駅へむかう途中に二つの公衆電話ボックスがあった。マンション裏手の児童公園にも赤電話が見えた。その先の住宅街の路地は入り組んでいた。

三十分ほどの散策で、部屋に戻った。

「コーヒーはあるか」

「はい」裕也が答える。「インスタントですが」

「かまへん」

胡坐をかき、ベランダに顔をむけた。五郎の背中が見える。鉄二は仮眠か。

「三人分や」

裕也に声をかけ、五郎を呼び入れた。

コーヒーを運んできた裕也が五郎のとなりに座った。

村上は、二人の顔を交互に見つめた。おびえの気配は感じられなかった。不安や恐怖はあるだろう。自分にもある。脚と手が動けば充分だ。固まれば失敗する。

「無線機の使い方は覚えたか」

「はい」二人が声をそろえた。

卓袱台に三個の無線機が載っている。それぞれに番号が記してある。

「五郎。孝太から連絡があったあとの手順を言え」

「鉄二はベランダから見張ります。俺は植え込みの陰に、親分と裕也はマンションの非常階段に隠れます」

「殺るのは佐伯がマンションを出るときや。チャンスがあるように見えても、マンションに入るときは動くな。むこうの若衆らも気が張り詰めている」

「はい」

五郎が返答し、裕也はこくりと頷いた。

「佐伯が部屋を出たあとは」

鉄二が五郎と裕也に無線で報せることになっている。

「俺は、迎えに来た若衆らの気をそらします」

五郎が答えた。

裕也が言い添える。

「エレベーターが動くのを確認したあと、中に入ってくる若衆の動きを封じます」

「その間は絶対に発砲するな。で、殺ったあとは」

「俺と鉄二は」五郎が言う。「姫島駅から梅田にむかいます。梅田の公衆電話で事務所に連絡し、事務長の指示を仰ぎます」

新之助には逃走の段取りを教えてある。

五郎が顔を寄せた。

「親分は」

「裕也の車がある。が、どうなるか。佐伯を殺る。ほかのことは考えてない」

視線をおとし、コーヒーを飲んだ。

「俺がしくじったときは、おまえらが殺れ」

「はい」

「必ず」

返事が分かれた。

「通帳と判子は肌身離さず持ってろ」

三人の口座にはすでにカネを振り込んである。当座の逃走資金だ。

村上は身体を横たえた。手枕をして目をつむる。

確認しておきたいことは幾つもある。が、この期に及んでの言葉は要らない。ほしい言質もない。胆を据え、孝太からの連絡を待つのみである。

こんやがラストチャンス。己に言い聞かせている。佐伯が姫島に寄らなければ計画を断念する。美山に連絡し、美山の意に沿って動く。

目を閉じても眠れるはずがない。美山とのあれこれがうかんでは消えた。美山の心中を疑ったこともあった。敵意のようなものを抱いたこともあった。挑むようなまなざしをぶつけては、美山に受け止められた。

電話が鳴り、目を開けた。受話器を取る。

《だれ》女の声がした。

「自分から名乗らんかい」

《あんた。どこにおるの》

「なんでこの番号を知った」

《新之助に……むりやり頼んだ》

「何の用や」

怒りは堪えた。義母のことがある。

《そろそろ帰ろうと思うて》

「そっちにおれ」

《邪魔なん》語尾がはねた。《おらんほうがええの》

「後悔せんよう言うてる」

《けど、あんたのことも心配やし》

「切るぞ」

受話器を置いた。ひと息つき、また手にする。

「どあほ。俺の言うことが守れんのか」

《すみません》新之助が言う。《大事な用やと、姐さんに泣きつかれて》

「言訳はいらん。ほかに教えてないやろな」

《もちろんです》

威張って言うな。怒鳴りつけたくなる。

「この先のことは、わかっているな」

《えっ……》あとの言葉がない。

「五郎らの面倒や。おまえが命綱になる」

《はい》

「事務所の切り盛りもまかせる」

《はい》

頼りない声が続いていた。

義心会を解散すればどれほど気分が楽になるか。これまでにも何度か思った。組織を持つような柄ではなかった。家族に対してもおなじだ。が、持った以上、護らねばならない。身勝手を戒めながら生きてきた。

「頼む」

ひと声かけて通話を切った。

「ダルマならありますが」

裕也が遠慮ぎみに言った。

「上等や。一杯くれ」

四角い氷が入ったグラスとサントリーオールドのボトルを運んできた。まるいボトルを傾けた。オンザロックで飲み、煙草を喫いつける。

「五郎もねんねか」

「はい。むりやり寝かせました。十一時には起こします」

「それでええ」

腕の時計を見た。午後十時前だ。

「札はあるか」

「いいえ。将棋も」裕也が目を見開いた。「サイコロは、あります」

「丼は」

「もちろん」

裕也が台所にむかい、すぐ戻って来た。

互いに声を発しながら、サイコロを転がした。ちかごろ何をやっても負ける。

「親分、骨がないですね」

「ぬかしとれ」

うるさくて目が覚めたか。サイコロの音に誘われたか。五郎が参加した。三個のサイコロを拝むようにもみ、丼におとす。「よっしゃ」四、五、六の連発だ。負けがさらにふくらむ。安いレートなのに一万円札がポケットから逃げた。

おかげで、雑念が吹っ飛んだ。

電話が鳴る。三人の動きが止まった。日付が変わって、零時半になる。

《佐伯がミナミの鮨屋に入りました。水谷と柳下、女三人が一緒です》

「鮨屋を出たら電話せえ」

《はい》

「佐伯が車に乗ったら尾行は中止や。事務所に帰って連絡を待て」

《わかりました》

受話器を戻すや、五郎が口をひらく。

「どこです」

「鮨屋に入った」

「すき焼きに鮨。最後の晩餐やいうても贅沢なことで」

五郎が嘲るように言った。

夕方はおなじ人数で心斎橋のすき焼き屋に入ったという。

村上はベランダに出た。

あいかわらず風がない。湿気が多いのか、部屋のほうが涼しいくらいだ。

床に胡坐をかき、鉄二に話しかけた。

「後悔してないか」

「もちろんです」声がはずんだ。

当初は五郎と裕也の三人で決行する予定だった。事務所で、鉄二が正座に構えた。

姫島にアジトを借りた日のことだった。

――自分を連れて行ってください――

腹の底から絞りだすような声だった。目が据わっていた。

「もうじきおわる。あとの段取りは聞いたか」

「はい。お役に立てるよう、がんばります」

「がんばらんでもええ。けど、おまえをあてにしている」

鉄二が頷いた。

あのときとおなじ、目には強い光を宿していた。

《女と車に乗りました》孝太が言う。《水谷と柳下とは別行動です》

「車は何台や」

《三台です》

村上は時刻を確認した。午前二時三分になる。

「ご苦労」

通話を切り、裕也に話しかけた。

「ミナミを離れた。女が一緒やさかい、こっちにくる」

「水谷と柳下は」

「別れた。おまえは下に降りて、連中の動きを観察せえ」

ぬかりなく準備をし、緻密に計画を練っても不安はある。

マンションに着いたあと、佐伯と警護の若衆はどういう動きをするのか。誰も知らないのだ。そのこともあって、マンションを去るときを狙うことにした。

裕也が玄関にむかう。

村上は、五郎を連れて、ベランダに立った。

午前二時半を過ぎた。

右手から車三台が近づいてきた。前後を黒のセダンに護られて小豆色のリンカーンコンチネンタル。徐行し、マンションの前で停まる。

先頭の車から二人の男、末尾の車からも男ひとりが降り、リンカーンのかたわらに立った。後部座席から男が降り立つ。佐伯か。車のライトが消え、判別しにくい。着物姿の女もあらわれた。ミナミのクラブ『銀の花』の五月だろう。

警護の二人が玄関の両脇に立った。別のひとりに先導され、佐伯とおぼしき男がマンションに入る。女も続いた。

ほどなく、三階の通路中央部分があかるくなった。エレベーターから三人が降りてきた。三〇三号室のドアを開ける。警護の男がお辞儀をし、ドアが閉まった。

警護の三人が玄関前で言葉を交わしたように見えた。声は届かない。やがて、三人は元の車に戻った。ヘッドライトがともり、三台とも走り去った。

「六人か」

村上はつぶやいた。三台の運転席に人影があった。

「佐伯がマンションにいるのに警護をしないのでしょうか」鉄二が訊く。

「泊まるんやろ」五郎が答えた。「やつらは職務質問《ショクシツ》をおそれたんや」

五郎は村上のボディーガードをしているからわかっているのだ。警護の者は拳銃やドスを所持している。不審な車が停まっていると住民が一一〇番通報するおそれもある。ましてや、マスコミは暴力団の抗争事件をおおきく取りあげている。駆けつけた警察官に所持品検査をされれば佐伯も身柄を押さえられる。

部屋に戻った。煙草をくわえる。

警護の車が去ったからといってのんびりとはしていられない。連中が戻ってくる前にマンションに侵入し、佐伯が出てくるのを待つしかないのだ。

五郎がコーヒーを運んできた。

玄関のドアが開く音がし、裕也も戻って来た。顔が上気している。

「何か、わかったか」

「はい」

元気な声を発し、裕也が腰をおろした。

「やつらの話が聞けました」舌先でくちびるを舐める。「朝の八時半、玄関前に集まるそうです。水谷と柳下もくるとか」

「ほんまか」

五郎が顔をしかめた。

村上は頬杖をついた。頭を働かせる。

「エレベーターは何人乗れる」

「六人です」五郎が即答した。

「それならおなじことや。むこうの人数は気にするな」

「けど、エレベーターの前に大勢おったら面倒です」

「たぶん、それはない。朝のその時間なら住民の出入りがある。玄関を大人数で占拠すれば、それこそ警察官が駆けつける」

「なるほど」

五郎の表情が弛んだ。

裕也が口をひらく。

「水谷と柳下が上まで迎えに行ったら、どうするのですか」

「殺る」

村上はきっぱりと言った。

裕也が目を見張った。臆したふうはない。

「そっちは俺にまかせてください。親分は佐伯を」

「わかってる。が、むこうは案山子《かかし》やない。応戦してくる。水谷や柳下はともかく、警護の者は必死で佐伯の盾になる。臨機応変にやるしかない」

裕也がおおきく頷いた。

村上は頬杖をはずした。五郎を見据える。

「おまえが頼りや。俺と裕也がエレベーターの前に立ち、扉が開くまでの、数秒か、十数秒。警護の者の気をそらせられるか。それで勝負が決まる」

「まかせてください。拳銃で威します」

「俺らが撃つまで撃つなよ」

「わかっています」

「よし。俺と裕也は四時半にマンションに入る。五郎は八時ごろそとに出て、めだたんところで待機せぇ」ふかし、煙草を消す。「鉄二を中に入れろ。皆で四時まで横になれ。眠らんでも身体は楽になる」

寝ろと言ってもむりだ。村上も神経が昂っている。


非常階段の中が脂《やに》臭くなった。換気が悪い。いったい何本喫ったのか。缶コーヒーを飲んだ。味がわからない。舌がざらざらする。

腕の時計を見た。八時半が近づいた。

裕也は左手の無線機を睨むように見つめている。

《三人が中に入ります》鉄二の声は硬い。《水谷と柳下が一緒です》

部屋に入るのか。とっさに思った。裕也の無線機を手にする。

「五郎に連絡したあとは、三階の部屋に集中しろ」

《はい》
　音が切れた。
　一分は経ったか。じりじりと身を焦がすような時間が流れた。
《佐伯が部屋を出ました。四人でエレベーターにむかいます》
「無線は切るな。乗ったらゴーと言え」

「行くぞ」

　声を発し、村上は非常階段の扉を開けた。

「なんや、われ」

「いてまえ」

　路上に怒声が飛び交っている。玄関に人はいなかった。

　村上はエレベーターの上部を見た。③が点灯している。すぐ動きだす。

　裕也とならび、腰をおとした。両手で銃把を握る。

「ええか」

　裕也が頷く。頰が痙攣している。

　チンと音がして、扉が開く。

全開する前に撃った。銃声が轟く。男がうずくまる。誰だかわからない。続けて発砲する。裕也も撃った。またひとり、うめきながら崩れおちた。

角刈り頭の男が立ちふさがる。拳銃を手にした。うしろに佐伯がいる。

裕也が前かがみになり、発砲した。二発。角刈り頭が左手を伸ばす。鬼の形相になった。さらに一発。声にならない声を発し、裕也の足元に倒れた。

「村上、おどれ」

佐伯が咆哮する。

「死ねや」

目の玉をひん剝き、村上は引き金を絞った。三発目で顔から血を噴いた。

「てめえ」

怒声とともに銃声が響いた。

左腕に激痛が走る。肉を抉られたような感覚があった。

裕也がふりむき、応戦する。

相手が膝から崩れた。玄関に飛び込んできた二人が、一瞬ひるんだ。

「走れ」

声を発し、村上は玄関のドアに突進した。

裕也も続く。路上に出て、発砲する。あとは一目散に駆けだした。

怒声は届くが、追ってくる者はいなかった。佐伯らの救助を優先したか。

村上は、走りながら五郎と鉄二の姿をさがした。目に入らない。

五百メートルほど走った。二度三度、路地角を曲がった。

裕也が青空駐車場に入った。セダンの運転席のドアを開ける。

村上は助手席に乗った。腕が疼いているのに気づいた。

「お怪我は」裕也が訊く。

ジャンパーを脱いだ。紺色の長袖ポロシャツに染みがひろがっている。左の二の腕が熱い。盛り土のように腫れあがっている。

裕也がドスでシャツを切り裂く。晒布も裂き、肩の付け根を縛った。傷口に消毒液を垂らし、軟膏を塗る。義心会の車には応急処置用の救急箱がある。晒布を丁寧に巻いた。錠剤を手にする。

「これを。抗生物質です」

村上はわずかな唾でそれをのんだ。

裕也がブルゾンを脱ぎ、村上の膝に置いた。

遠く、パトカーのサイレン音が聞こえた。

裕也が車を発進させる。

「葺合の病院に行きますか」

「あかん。着く前に警官が張り付く」

葺合区にある個人病院は傷を負った極道者が駆け込む。何度か世話になった。

「予定どおりや。俺を尼崎で降ろせ。おまえは塩屋に直行せえ」

垂水区塩屋にアパートを借りた。古い住宅が立て込んだ場所にある。義心会の誰も縁故のない地区を選んだ。

「神戸市内に入る前に、車は乗り捨てろ。夜中に電話する」

「はい」

前方から猛スピードでパトカーが近づいて来た。けたたましいサイレン音だ。かたわらを走り抜ける。

裕也が吐息を洩らし、右手の甲を額にあてた。

めまいがする。息が荒くなる。口の中はすっかり干からびた。

南の空の太陽がまぶしい。村上には黒く見えた。

佐伯は死んだのか。

ふと、思った。

★　　★

住宅街の道路は警察車両と人でふさがれていた。松原邸の前にはテレビカメラが列をなしている。制服警察官と私服の刑事、報道関係者。百人はいるか。

運転席の宮本がクラクションを鳴らした。宮本は美山よりも早く、一神会本部に駆けつけていた。テレビで姫島の事件を知ったという。

数人の警察官が寄ってきた。

「降りる。おまえはここで待て」

言って、美山はそとに出た。人混みをかき分け、門の前に立った。

警護の若衆が門扉を開いた。

居間に案内された。

薄暗い。縁側の戸は閉じられ、カーテンが引かれている。

胡坐をかいてすぐ松原があらわれた。口を一文字に結んでいる。ダークグレーのスーツ。白いシャツに濃紺色のネクタイを締めている。

床の間を背に座り、美山を見据えた。

「ギイチから連絡はあったか」

「いいえ」

「ギイチで間違いないのか」

「そう思います」

美山は短く返した。

姫島の発砲事件は県警四課の中原からの電話で知った。自宅で朝食を摂っているさなかで、あわててテレビを点けた。

――神俠会最高幹部　銃撃される　四名が死傷――

――住宅地のマンション内で発砲事件　神俠会と一神会の抗争か――

画面にテロップが流れていた。

松原に連絡したあと一神会本部へむかった。二階の応接室で、片っ端から電話をかけて情報を集めた。友定のほか、数名の幹部たちがやって来た。

佐伯死亡の報を耳にしたのは中原の電話から一時間半後のことである。

本部での対応を友定に委ね、大倉山へむかったのだった。

松原の眼光が増した。

「知っていたのか」

「いいえ」

「おまえとギイチ。そんなわけはないやろ」

「ギイチが動くのは予測していました。が、そのときはひと言あると」

美山はくちびるを嚙んだ。

――あした執行部が集まる。理事長引退の件、話してもいいか――

割烹『ゆう』で、五十嵐の要望を応諾した。自分の出処進退については一神会の幹部会議のあと決断するとも告げた。

あのとき、心は凪いでいた。覚悟もできていた。一抹の不安は村上だった。五十嵐と会う前日に村上、中原と飲んださいはさりげなく村上を観察していた。村上の振舞からは殺気立つような気配を感じなかった。

五十嵐から電話があったのはきのうの夕刻のことだった。

《執行部の会議がおわった》

声に安堵の気配がまじった。

美山は無言であとの言葉を待った。

《神俠会は休戦する。ただし、五日間や。それまでに理事長が引退を表明し、兄弟は

本家に詫びを入れてくれ》

「わかった」

美山はひと言で通話を切った。

五十嵐は一神会存続の有無に言及しなかった。注文もつけなかった。五十嵐は自分と一神会を分けているのだと、勝手に解釈した。

短いやりとりのあと、一抹の不安が再び頭をもたげた。あとすこしで状況を打開できる。そういう機会を得てはことごとくつぶされてきた。ありえないと思いながらも義心会の事務所に電話をかけた。村上は不在で、折り返しの電話もなかった。

自分が動くときは村上と行動を共にする。村上もそのつもりでいる。あたりまえのことのように思っていた。中原から村上の動向は聞いていたが、いざというときの準備なのだろうと、たいして気にも留めていなかった。

「きょうの会議は延期や。わいはここで事情聴取を受ける」

松原が座椅子にもたれた。目を閉じ、腕を組む。

しばし、美山は松原を見つめた。

「引退の件は」

「機を逸した」

ぼそっと言い、松原が目を開ける。

「大村さんに相談されたのですか」

「一存や。おまえと警察以外の電話にはでてない」

「ご再考ください」

「くどい」はねつけるように言う。「これから戦争になる。仲間を見捨て、わいに敵前逃亡せえとぬかすんか」

「戦争を回避できるかもしれません」

「あまいわ。むこうは大義名分ができた。五十嵐といえども抑えきれん」

「わかりました」

美山は座椅子をはずした。正座に構える。

「お世話になりました」

深々と頭を垂れた。

足音がした。松原が部屋を去って行く。

襖が閉まる音を聞いて姿勢を戻した。縁側に立ち、カーテンを引き開ける。

藤棚の花穂が重そうに垂れていた。

大倉山から自宅に直行した。シャワーを浴び、自室に入った。電話をかけたあと素っ裸になり、晒布を腹部に巻きつけた。白いシャツの上から黒いダブルのスーツを着る。白鞘のドスをベルトに挿して部屋を出た。

妻の優子はキッチンに立っていた。

「何か飲む」

「酒をくれ」

優子が日本酒の一升瓶を持った。かすかに手がふるえていた。

美山はグラスで受けた。優子と目を合わさなかった。

「人気のないところで車を停めろ」

宮本に命じた。自宅を出たところである。

坂をくだる。遠く、海は銀色にきらめいていた。熊内橋《くもちばし》通から西灘方面へむかう。

王子動物園を過ぎたところで車が徐行する。

左手に空地がある。そのむこうは住宅街で、人の姿は見えなかった。

ここから灘区の神俠会本家までは車で十分ほどか。

車を空地に入れた。

「頼みがある」

宮本がふりむいた。目がまるくなる。口もまるくなった。

「新開地の喫茶店で言ったことを憶えているか」

「命は……預けると……あれですか」

途切れ途切れに言った。それでも声はしっかりしていた。

「俺を、神侠会本家の玄関まで届けてくれ」

美山は浅く座り直し、上着のボタンをはずした。白鞘を脇に置く。

宮本が助手席のシートを前に倒した。状況を理解したのだ。顔は青ざめている。

シャツのボタンもはずした。息を吸い、止める。

神侠会本家の門前は松原邸の何倍もの人であふれかえっていた。道路は左右の路地角で封鎖されている。

「突破しますか」

「歩こう」

美山は車を降りた。本家の正門まで二十メートルほどの距離である。

宮本が飛びだしてきて、美山の左腕をかかえた。
五、六人の男が近づいてくる。捜査四課の連中だ。中原もいる。
宮本が手で払うようにして進む。

「どうした」中原が声をかけた。「顔色が悪いぞ」

「敵の本家に行くんや。笑顔になれるか」

美山は苦笑でごまかした。ものを言うだけで脂汗がにじむ。

「中原さん」宮本が言う。「時間がないのです。道を空けさせてください」

中原が大声で指示をだした。ただならぬ気配を察したようだ。

美山は、宮本と中原にはさまれて歩き、正門にたどり着いた。息があがっている。

腰から下の力がぬけていくのがわかる。

「美山や」

声を絞りだした。

訪問を聞いていたのか。警護の若衆らが報道関係者を制し、潜り門を開けた。

中原は入門をことわられた。

玄関の前で、ボディーチェックを受けた。宮本が若衆を睨みつけていた。脇の下と
腰回り。上着の中を改めることなくおわった。

「ここで待て」

宮本に命じ、美山は中に足を踏み入れた。

★　　★

「叔父貴は口をださんでください」

強い口調で言い、五十嵐は成澤と鈴井にも目で釘を刺した。

《佐伯が襲撃され、緊急搬送。重体の模様》

一報は自宅で聞いた。神俠会本家に急行したあとは情報収集と電話の対応に追われている。本家一階には直参が駆けつけているという。彼らとはまだ話をしていない。

事件発生から四時間が経ついまも情報が錯綜している。事実なのは佐伯の死亡が確認されたことだ。帯同していた水谷と柳下はほぼ即死だったという。

二階の応接室にいるのは執行部の成澤と鈴井、舎弟頭の矢島である。

「何しに来やがる」

ののしるように言い、矢島がソファにもたれた。

ノックのあとドアが開き、若衆が入ってきた。

「美山さんがお見えです」

美山があらわれた。

無言で近づいてくる。ゆっくりとした足取りである。

テーブルの端で立ち止まった。歴代会長らの立ち姿の額と正対する位置だ。

「今回の出来事、心よりお悔やみ申しあげる」

美山が頭を垂れた。身体がゆれる。

「なんやて」矢島が怒声を発した。目に角を立てる。「ようものうのうと。てめえの身内にやらせておきながら……」

「やめないか」

矢島を制し、美山に声をかける。

「話を聞こう。座ってくれ」

美山が首をふる。

「詫びに来た」

「ギイチがやったのか」

「わからん。警察に確認したが、裏付けは取れてないそうや」

五十嵐は頷いた。

路上で警護していたひとりは警察の事情聴取で村上の名前を口にした。ほかの者たちは三人の襲撃者の身なりも定かには憶えていなかった。わずか一、二分の出来事だった。三人ともキャップを被っていたという。

大阪府警は三人の逃走経路を調べている。それらしい男が電車に乗ったという情報もある。犯行現場近くの駐車場から急発進する車を見たとの証言もある。

神俠会も大阪を地場に持つ直参らが情報集めに動いている。

「ギイチと連絡が取れんのも事実や」

美山が低い声で言った。

「それなのに詫びか」

「別件や」美山が息をつく。「松原理事長は引退を撤回した」

「………」

五十嵐は目を見張った。

「俺は、神俠会若頭との約束を破った。その詫びに来た」

「………」

俺の顔を立てるために来たのか。声にならない。

「ぬかすな」成澤が声を荒らげる。「若頭にでたらめの約束をしやがって。おいしい